夕陽正好

譚秀牧　著

捱出來的故事

黎漢傑

　　本書選錄譚秀牧多年來的小說創作，大部份都曾收錄於不同的單行本，僅本書最後兩篇：〈沒有休止符的哀歌〉與〈阿爸風生水起記〉未曾結集，原刊於千禧年出版的《鑪峰文藝》。收錄的作品大致按寫作與公開發表日期順序編列，限於篇幅，長篇創作只好割愛，內容以短篇為主，輔以字數比較精簡的中篇。從時間的跨度來看，作者的創作差不多經歷五十年，如此長期堅持實屬難得。這些作品，作者坦言都是趁工餘時間，在深夜，一點一滴的「捱」出來。而小說所構造的世界中，主人公大多都是底下階層的人物，他們在愛情、工作、生活等方面，都遭遇不同程度的糾紛、掙扎，讀者可以從中看到在血與汗之下，一幕幕捱出來的故事。

從人物折射歷史

　　譚秀牧善於捕捉當時當地低下階層的生活片段，經過綜合、提煉、虛構，塑造一個又一個在窮苦生活下默默耕耘的人物。例如寫於五十年代的兩篇短篇〈夜工〉與〈母女倆〉均是以當年普遍的童工問題作為寫作的題材，創造出冒認成年去工廠上夜班的金華以及幫補家計到街市擺攤叫賣臭丸的小蘭。〈同情〉則寫因

母親賣菜「阻街」被警察抓去，被逼一個人「揹著一個破舊的麻包，右手拿著鐵鈎子，漫無目的地在街上走著。一邊走，一邊往四下裏窺望；發現路旁有垃圾堆，就走近前去用鐵鈎撥弄幾下，彎下腰去，看看有可換錢的破爛的東西沒有」的小牛。以上三篇的主角都是孩子，在故事裏，他們面對或大或小的挫折，但仍然堅忍地活下去。

至於〈艇家之子〉，雖然都是孩子，但作者則將重心轉移至側面描寫一個艇家之子，母親早逝，在父親的教導下，如何早熟。小小年紀的孩子已經熟練划船、游泳這些海上生活的技能，而當敍事者想將打破了的杯子丟進海裏的時候，他立即如此反應：

> 「給我，給我，不要丟掉！」
>
> 我以為他留下來，準備賣給收買爛玻璃的人，便毫不猶疑的給他。他接了，輕捷地跳上岸，爬過那塊高大的岩石，走到山邊去。我望著他，真有些疑惑不解。
>
> 一會兒，他回到艇上來了，望望他的手，卻空著。
>
> 「你拿到哪兒去啦！」我詫異地問。
>
> 他指一指荊棘叢生的山坡，眨著小眼說：
>
> 「丟了。」
>
> 「丟在海裏，不是很便當嗎？」「我們常在這裏捉魚，它會割傷我們的腳哩！」他拉一拉幾乎跌下來的褲子，揩了把鼻涕說。
>
> 我思索了好一會才明白過來，原來他指的「我們」，不只是他父親，而是這個漁村裏所有的漁民；同時也包括了在

這附近捉小魚的泳客們。這麼一想，我馬上疚愧起來了。

「我」的愚昧舉措反襯孩子對海的愛護、對處理垃圾後果的睿智。如果說在那個艱苦的五十年代，前述三篇的孩子是「勇」的例子，則〈艇家之子〉的主角就是既「勇」且「智」的代表了。

〈樓上人家〉寫那對被遺漏在家的子女，每晚吵鬧至深夜，弄得樓下的羅生羅太睡不得安寧，羅太經過明查暗訪之後發現他們本性不壞，不過是因沒有家人照料，缺乏關懷與愛護，才會「玩超人之類的粗野遊戲」。雖然這家孩子的父母有些與別不同，但在香港確實有不少家庭也因父母外出工作，導致子女獨留在家，不少因此而生的安全問題至今亦時有所聞。

從際遇反映社會

雖然譚秀牧的小說沒有炫目的技巧，亮麗的形式，但是卻善於製造或大或小的衝突與挫折，讓讀者體會身處其中的主角以及他們的夥伴們如何在逆境中應對。〈夜工〉的金華上夜班卻突然患上感冒，在這個時候，領班看見他工作遲緩的樣子，被「領班高舉起來的拳頭，已隨著叫罵聲而閃電似的朝金華的腿上使勁打下去了。」金華的工友們都紛紛予以同情關懷，例如陳發就把他拉起來，責問打人的領班，護送金華回家，更好心以謊言：「工友們因為他年紀最小，便叫他早些回來休息。你讓他好好休息兩天再算吧！明天是糧期了，明早你拿他的工咭到廠裏來出糧好

啦！」安慰金華的母親，減輕她的不安與疑慮。

〈惡人禮讚〉更以幽默反諷的筆法，敍述「惡人」高洛在面對大廈的惡狗、住客的惡鄰居、街外來的惡匪徒，如何以棋高一著的「惡行」克服難關，最後更獲政府頒發好市民獎。閱畢本篇，更讓人發覺原來要做一個「好人」，倒要像高洛那樣夠「惡」才行，字裏行間充滿令人無奈的黑色幽默。

至於〈同道中人〉，透過「我」這個敍述者，刻劃福哥的形象。福哥是一個捉蟋蟀的專家，他對捉蟋蟀熱點的地理環境與人情風貌都非常熟悉：

> 「還要走多遠？」我問。
>
> ……
>
> 「本來，去雞冠山，半個鐘頭就可到達了。」福哥說，煙火在嘴角閃亮一下。「不過，今晚，我們不要到那邊去了，——」
>
> 「為甚麼？你前幾天不是說，那裏的蟋蟀多，又夠狠的麼？」
>
> 「今天早上，聽捉草蜢的王伯說，那裏近月來，時常有盜墳賊打劫陰司路，所以鄉民和當局都巡得緊。」福哥的聲音有些沙滯，但卻夠響亮。他燃起一根香煙，然後說：「為免誤會，還是避開好些。你或許不知道，給鄉下佬碰到了，把你打個半死，才再講道理！」

雞冠山雖然近，但是容易被人誤會為盜墓賊，於是這次捉蟋蟀就

另找地點。稍後，到了目的地，「我」捉蟋蟀是：「我開始試著，前後左右都是吱咧咧，牠們似在大合唱，無法從混成一片的音響中分別出其個體的所在。只好自以為是地，不停開亮電筒尋找，偶然發現一隻，但牠那麼精靈地，兩三下子就不知跳到甚麼地方去了。」笨拙異常；至於福哥：「彎著腰，腳步輕得恍似駕風而行，毫無聲息。一邊細聽著蟀鳴。聽準了聲音，知道了蟀兒的所在，突然開亮電筒照射；蟀兒給突如其來的強光弄得頭昏目眩，舞動著觸鬚，茫然地打著轉，福哥拱起手指的手掌像輕巧的罩子，蓋下去，就把牠捉住了。」身手輕快敏捷，兩人表現的巨大差別就進一步烘托出福哥手藝的精湛。而福哥更通曉蟋蟀的習性：

> 「福哥，剛才蟋蟀忽然不叫，究竟將有甚麼事情發生？」想起剛才的情景，不禁帶著餘悸問道。
>
> 「這是動物界的自衛現象，」福哥解釋道：「蟋蟀多的地方，蛇必多；因為蟋蟀是蛇的點心。凡是蟋蟀忽然停止鳴叫，必是蛇已出來活動；蟀兒聞到氣味，鑽回土洞去躲避，於是便沒了聲音了。」

這種知識，不可能單純從書本上學習而來，而是福哥透過多年捉蟋蟀經歷多番險境的經驗之談。

從幽默諷刺現實

〈惡人禮讚〉以幽默的筆法描繪一個「惡人」如何「以惡治惡」，從而突出平日我們這些「好人」如何受到社會的不公對待，卻敢怒不敢言。高洛的出現，正正是做了我們日常生活想做卻不敢做的言行，反抗社會的一切不義。〈火辣辣的夏夜〉以之前喜歡打尖插隊的牛頸榮遇上剛剛出獄的崩耳才作為故事的主綫，故事從外形、語言、行為三方面詳細描繪了崩耳才的形象：

> 外形：「說話的人約廿七、八歲。瘦削身材，方臉，左邊的耳朵缺了半片。他穿著長袖波恤，衫腳捲到肚皮上。」
>
> 語言：「老友，你拿不拿到後面去？」、「老友，放開我的手！」、「面子是你自己掉的，怨得誰？」、「我才坐了兩年花廳，絕不介意多坐幾年！」
>
> 行為：「崩耳才一手支著臉頰，另一隻手捏著香煙，一副心平氣和的樣子。」、「他瞟牛頸榮一眼，接著，快速地把手掌一轉，反過來把牛頸榮的手一搭，一撥；牛頸榮像觸了電，他的手給彈到櫃枱邊，撞在圍板上。」

崩耳才冷酷，坐過牢，說話簡單直接，身手功夫更遠在牛頸榮之上，是真正的「有料之人」。至於牛頸榮僅僅是外貌比較攝人，卻沒有真材實料，過招片刻就已經高下立見。因此，故事描述牛頸榮在不知道崩耳才底細之前，還咄咄逼人，要找人算賬，自然就讓讀者啼笑皆非！

而譚氏這種營造幽默的藝術形式，更普遍見於他的極短篇創作。例如〈夕陽正好〉裏，潘伯退休之後，無所事事，卻被子女輪番勸說：

> 素蘭想起有位同學，在鄰邨的社區中心任職。對爸爸提議：「阿爸，隔鄰邨社區中心有個明光耆老小組，時常有節目，如老人旅行、老人象棋賽、耆英健康舞……不如我替你拿張表格，申請入會，參加活動吧……。」
>
> 這時，漢良忽然想起一件事，插嘴道：「阿爸，街坊會禮拜六，舉辦新春敬老百歲宴，吃齋又有抽獎，我買兩張餐券，你與阿媽……」

身體仍然健壯，卻被家人以為已經風燭殘年，不斷「老人」前、「老人」後，潘伯自然覺得討厭，難怪他要再重出江湖，另找新工，開始新生活了。

至於〈劫匪奇遇記〉以異性同名的偶然事故，最終導致劫匪被捕；〈誘惑〉以王愛琴自由自在吃乳鴿勸喻朋友不要盲目迷信崇拜表裏不一的偶像；〈聖誕奇遇拆良緣〉以新郎巧遇內地來港的表嫂一番話，捅破一樁騙人的「良緣」，原來大家眼中單身的老好人一早在內地已經結婚生子，卻還厚顏在香港結識異性重婚；〈巨獎的誘惑〉以爸爸投入十萬資金買六合彩，但僅僅換來彩金十萬零一百元，說明靠博彩發達的虛妄……以上都可見作者在各個極短篇的精巧構思。

結語：香港的現實主義小說寫作

在六十年代以還，香港引入外國多種多樣的文學思潮與理論，此起彼伏。當中，存在主義、現代主義、後現代主義等等更曾成為不少香港作家實驗的寫作綱領。不過，在前衛寫作之外，同時期的香港仍有不少以傳統現實主義筆法筆耕的作家。譚秀牧的作品透視社會階層之深之廣，與同時代的作家比較，均有過之而無不及。觀看他的作品，除了繼承傳統小說出色的形象、對話、動作描寫之外，更有獨特的幽默感，日後研究者如要重寫香港小說史，譚秀牧必然是一個不能繞過的名字。

二〇二〇年七月十四日

目錄

母女倆

晚上，媽媽回來時，除了帶著一綑從工地上撿來的木柴外，還多了一包東西。

「媽，這是甚麼？」

小蘭放下毛筆，隔著雞皮紙摸了摸。

媽媽把火水燈扭亮些，解著包上紅白相間的繩子，一邊說：「臭丸。」

「這麼多，要來甚麼用呀？」

「賣！」媽媽望著小蘭；這眼光多麼慈愛呀，同時還流露著一些疚愧與憐憫的感情。

「明天你到街市去賣，好不好？」媽媽的目光從她的臉上移開的時候，變得憂鬱起來了，呆滯地落在雪白的臭丸上，「小蘭哪，假如媽媽還像以前一樣，日日不間歇地有工開，就用不著叫你賣臭丸咯！」

小蘭輕輕的咬咬舌尖，瞪圓的機靈的小眼睛瞧著媽媽，點點頭，兩條短短的小辮子，微微的晃動一下。

她今年才九歲，很聽媽媽的話。在一些生活小事情上，她已成為媽媽能幹的助手了。

躺在牀上，燈吹熄了。在黑暗中，媽媽告訴小蘭。一毫錢該賣多少粒，然後又叮囑她道：「看見人家擔起東西之時，你就快些捧起盤子走啦；人家未出去時，你千萬別出去呀！」

小蘭把媽媽的話都緊記在心裏，有信心地道：

「媽，我知道啦！」

媽媽繼續告訴她，萬一走不及，給「狗王」捉著時，講些甚麼話，請求他們放了自己——她已迷糊地走進夢境裏去了。

媽媽做工的工地離家頗遠，但她返工時不搭車；走路，所以她很早便起來了。她剛好洗完面，小蘭也骨碌地跳下牀來了。

「小蘭，你再睡一會兒吧。」

「不！媽，我不想睡了。我睡不著嘛！」她竭力想睜起眼皮；但那麼重呀，怎麼也不能叫它不再搭拉下來。她只好用小拳頭擦揉著，彷彿擦薄了一些，就不會重得睜不起似的。

「用不著太早出去，」媽媽摸出一個角子來，「買麵包吃了才出去擺檔吧。今日或者會落雨呢，假如落雨，就不要出去了吧！」

「唔，我知道了。媽，你返工好了！」

好容易，小蘭才盼望到街上的人漸漸多起來。她急不及待地捧著盛滿臭丸的小托盤，走到街市上去。啊！街市原來已這麼多人了，多麼熱鬧呀；這一點兒臭丸，好容易就會賣光囉！——她這麼高興地想著，把盤子往地上一放，便用比她在夜校裏唱歌還高的嗓子，對從她面前川流而過的人喊道：

「好靚臭丸，一毫子有十二粒……」

小雨無聲地飄下來，偷偷的把小蘭的頭髮綴上了無數細小的水珠子；偷偷的把她的衣服弄得潮潤了，把街邊弄得潮濕濘滑了。

「『狗王』來了，走呀！」有誰尖著嗓子高叫了一聲。

突然，人們騷動起來，賣東西的人都慌忙挑起了擔子便走。

小蘭也機警地捧起小托盤，小小的心靈卜卜地碰撞著瘦小的胸膛，慌忙地跟在人們後面走。她不時迅速地回頭望望：是不是給人追上來了？剛才跟在她後面的人是否還跟著？……

喔！剛才在自己背後的賣橙、賣蘿蔔的人，他們跑到哪裏去了？望遠些，突然看見一個穿著藍黑衣服，腰間橫著黑得發光的皮帶上，扣著棍子甚麼的人，正望著自己大踏步而來哩！哎，小蘭的氣力跑到哪兒去了啦？怎麼不能跑快一些呀！哎唷，前面的人哪裏去了？——原來人們都不等她，橫過馬路跑走了。

那個人愈來愈近了，看來，一伸手，就可把小蘭抓住了，怎麼辦？她急得差不多要哭了。她咬著小嘴唇，拼出所有的氣力——跑！腳底一滑，「啪噠」一響便仆倒在馬路上，盤子從她的手裏掙脫了，臭丸滾滿了一馬路。這時，一輛電單車像箭似的飛過來，駕車的人來不及煞車，看來就要朝小蘭的腰間輾過去了；幸而他還算機智，急忙把車頭使勁一扭，但仍避不過去，卻打小蘭的左腳上輾過去了。

那黑衣人迅速地走過來，罵開了那些看熱鬧的人，走到小蘭身邊，把她扶起來。小蘭在昏迷中感到有人在抓她的胳膊，她吃力地睜起了淚水迷濛的眼睛，登時嚇了她一跳，趕忙用小手掩著臉叫起來：

「哎喲！不要……」她的話沒有說完，腳的劇痛使她忘記下半句是甚麼話了，昏過去了。

一會兒，十字車來了。

這時，媽媽也來到這裏。她回到工地去，因為今天可能下大雨，故此沒有工開。她回到家裏，看不到小蘭，便到菜市上來看

看她。她找不著小蘭，心裏急起來了；聽到人們說車傷了一個小女孩，於是便倉惶地趕到這裏來。看熱鬧的人散開，十字車剛好開走了。媽媽沒有看到受傷的小蘭，她還不敢肯定在十字車上的就是她；當她看到地上那些被雜亂的腳步踩成粉碎的臭丸，還有那灘鮮血旁邊的小蘭盛臭丸的小盤子，她不能不相信了。

「哎喲，小蘭，小蘭，小蘭呀！……」

她要上前去把盤子撿起來，但卻給一隻有力的手緊緊地拉著。她掙扎，搥打那個人，踢著腳，叫喊著……

不論怎麼樣，她的小蘭已遠去了，聽不到親愛的媽媽親切呼喚的聲音了。

雨，沙沙地撒下來，彷彿要冲淡媽媽心裏的悲哀。馬路上，小蘭的血，給雨水扯成無數柔弱的小紅絲，順著淌到溝裏去的水而衝出了給粉筆圈上的白線，淌到溝裏去了。

一九五九年一月二十八日於香港

艇家之子

　　我們都上了小艇，準備開到大清水灣去。

　　這小艇恰好容下十個人，頂上有塊小小的布篷。艇家是個差不多四十歲的中年漁民，當麻纜解開了後，突然一個浪撲過來，我們的小艇跟其他的小艇左右搖晃起來，看著艇尾就快跟旁邊的一隻小艇撞起來了，他機警地叫道：

　　「阿娣，頂住！」

　　「噢！得啦！」

　　站在我旁邊那位六七歲左右的小孩子，連忙用一根他剛好能握緊的竹桿，熟練地輕輕的抵著旁邊的小艇，於是我們的小艇便順著退潮，順利地溜進海裏去了。然後，他又放下那根竹桿，握著櫓輕輕的搖起來。他就是這艇家的兒子，他裸著上身，穿一條僅裹著屁股的短褲，全身的皮膚也像他爸爸的那樣紅得發紫，那麼矮又那麼瘦削，看上去真像一段剛燒好的木炭。

　　「你夠力嗎？小弟弟，」看他搖得好像很吃力，我真有些擔心，「讓我搖好麼？」

　　他望望我，揩一把鼻涕，搖搖頭細聲的說：

　　「你不懂搖的！」

　　這時，小艇已掉轉頭，迎著細細的銀浪，直向大清水灣行進著。艇家還在船頭，在那裏弄著甚麼，小艇就繼續由這孩子「駕駛」下安定地在浪濤上滑行著。

他爸爸從艇頭轉到艇尾來了，從他兒子手中接過了糖。

「這孩子，這麼小就能給你幫手啦！」我說。

「這不難的，我們靠這找生活的，誰個小孩都能的。」艇家漫不經意地回答道。

「你媽媽去哪兒啦？」我逗逗孩子的小臉說。

他不懂事似的搖搖頭。半晌，他父親代他答道：

「他媽媽，早死啦！」

他的語氣沒有剛才那樣的爽朗，略有些沉鬱。從這聲音裏，我意識到由於這唐突的話，勾引起了他對老伴的懷念而有些黯然神傷。我連忙把話岔開去道：

「小弟弟，你懂得游水嗎？」

「嗳！我們艇家的小孩，五六歲就會游水囉！」孩子還沒回答，艇家馬上回答了，而且還回過頭來，欣慰地望著孩子。「假如不會，大人不在，他跌下海去，不就要給淹死了嗎？」

這時，小艇快將靠近大清水灣了。

「先生，沙洲那邊水太淺，靠不近，」他說，指著沙灘另一邊的岩石，「要從那裏上岸啦。」

不待我同意，小艇已靠近那些岩岸了。

他把小艇繫好，朋友們便急不及待地跳上岸去了。只有我不打算游水，便留在艇上釣魚。一會兒，口渴起來，我便從旅行水壺裏喝了口水；剛把蓋子旋上，這時不遠處有一艘汽船走過，激起的大浪突然使我們的小艇搖蕩起來，我差些兒給拋進海裏，幸而及時抓著船桅，然而從手裏滑下去的水壺，「乒」的一聲，剛好打在一隻水杯上，把那杯子打破了。我彎下腰，撿起碎片就想

丟進海裏。孩子見了，馬上叫道：

「給我，給我，不要丟掉！」

我以為他留下來，準備賣給收買爛玻璃的人，便毫不猶疑的給他。他接了，輕捷地跳上岸，爬過那塊高大的岩石，走到山邊去。我望著他，真有些疑惑不解。

一會兒，他回到艇上來了，望望他的手，卻空著。

「你拿到哪兒去啦！」我詫異地問。

他指一指荊棘叢生的山坡，眨著小眼說：

「丟了。」

「丟在海裏，不是很便當嗎？」

「我們常在這裏捉魚，它會割傷我們的腳哩！」他拉一拉幾乎跌下來的褲子，揩了把鼻涕說。

我思索了好一會才明白過來，原來他指的「我們」，不只是他父親，而是這個漁村裏所有的漁民；同時也包括了在這附近捉小魚的泳客們。這麼一想，我馬上疚愧起來了。

同情

　　小牛揹著一個破舊的麻包，右手拿著鐵鈎子，漫無目的地在街上走著。一邊走，一邊往四下裏窺望；發現路旁有垃圾堆，就走近前去用鐵鈎撥弄幾下，彎下腰去，看看有可換錢的破爛的東西沒有。

　　他是個可憐的拾荒的孩子，今年才是九歲，由於長得高大，使人看上去覺得他有十一、二歲了。頭髮長而濃黑，就像包著了破黑布似的；赤著足，短短的舊黃斜褲補了幾塊不同料子的碎布。

　　一會兒，拐個彎，他走進了一條狹小的陋巷。因為這是清晨，陽光只稀淡地散在高大的樓房頂上，照不下來，故此巷裏陰沉沉的，而且清涼的深秋空氣裏雜著發霉的垃圾氣味，使人很不好受。但他毫不在意地踏進去了。他很快就看見了那家院子門外的兩大籮垃圾，如發現了寶藏似的，心中突然的驚喜起來，連奔帶跑的撲向前去。

　　這裏一共三個籮，有兩個盛著滿滿的垃圾，正散發著使人噁心的臭氣；另一個則裝著半籮放得好好的鐵罐啦、玻璃樽啦等等的雜物，他意識到是別人收拾好了的。他抬頭向樓上望望，所有的窗子都拉上簾子；望望院子，後門是緊閉著；望望前，望望後，四處都很寧靜。他的心突然加速的跳起來，就像沸透了的開水在蓋密了的鍋裏跳似的。快速的把手伸到籮裏，抓起兩個奶粉罐子；另一隻手掀開麻包，正要放進麻包裏。但這時媽媽常說過的話，

就閃現在腦子裏。他只好戀戀不捨地把罐子放回籬裏去。轉過身來，就在那兩籬垃圾中掀動起來，把一切都忘在腦後了。

　　喜伯是個四十來歲的清道伕，他兼替一些人家清理垃圾，每天早上，他把這小巷裏的人家的垃圾，倒下來集中在一起，同時又把從垃圾中撿出來的罐子之類的東西放好後，就到附近的熟食檔吃早餐去了。這時，他剛吃過早點，慢慢的走著，還不時把舌頭伸到外邊來舐舐嘴唇。到了轉彎處，他習慣地把目光從巷頭掃到巷尾，他的老花眼矇朧地看見有人在垃圾堆中蠕動。不問情由，心裏就著急地光起火來，拔起飛毛腿，飛快地走上前去，一邊吆喝道：

　　「嘎，不知死的，敢到乞兒砵中搶飯吃啦！」

　　一聲咆吼，把小牛猛然的嚇了一跳。連忙直起腰來，看見喜伯正氣沖沖地走來；他知道走慢一步，準會被活活的捵折了腿。於是，連麻袋也來不及拾回便拔步逃跑。

　　喜伯當然不肯罷休，他想，饒了他一次，難保他第二次不再來，非狠狠的教訓他一頓不成。於是他拼命的追上去。小牛在轉角處一閃，不見了。喜伯想，他一定不會走得多遠，一定躲在附近；果然，他在一家樓梯底找到了他。

　　這時，小牛使勁地摟著三歲的妹妹，睜著驚惶而氣憤的眼緊緊的盯著喜伯，可憐的妹妹卻把小臉緊貼著哥哥的胸脯，嚇得哇哇地哭個不停。

　　這淒愴的情景，觸動了喜伯富於同情的心靈；他的心軟下來了，剛才那好像要把小牛燒掉的怒火，也一下子消失了。他呆呆地瞧看他們，好一會兒，他才和氣地道：

「孩子，你媽媽去哪兒呀？」

「在差館。」小牛眨眨眼，想起還關在差館的媽媽，不禁難過地哭起來了。

「幾時拉去的？」

「昨朝早。」說著，淚水一直淌著。

喜伯望望那歪斜地丟在一旁的兩隻菜笠，裏面還有幾片殘葉，他才意識到，小牛的媽媽原來是個賣菜小販，因為「阻街」而拉去了，撇下這年幼的兒女，無人料理。他的鼻子不禁發酸起來，眼眶也充滿熱淚。他下意識地把手伸進褲袋裏；可是除了一塊手帕外，甚麼也沒有。他就掏出來，替他們揩了揩淚水。然後，他一聲不響地走了。

在路上，他的腳步移動得很急促，心裏也不停的責備著自己，剛才為甚麼那樣衝動呢？一會兒，他又回到那陋巷裏了。

回到那兩籮垃圾旁邊，看見小牛的麻包和鐵鉤還丟在地上。他撿起來，看看麻袋裏甚麼也沒有。看看籮裏的瓶子，一個也不少。看看那兩籮垃圾，卻被翻得亂糟糟的。這使他很驚訝，他想：這些罐子、瓶子這樣方便，隨手拈來就可以換到錢了，他卻一個也不取，偏往垃圾籮裏去找，這是為甚麼？

他想不出是甚麼道理。

他把罐子瓶子裝滿一麻袋，揹起來，就飛也似的回到小牛的「家」裏來。

小牛還在哭著，他憐憫地伸出起了繭的手掌撫摸著他，安慰地道：

「孩子，不要哭，媽媽就快回來的。」他指指那麻袋東西，

「這些，你拿去換點東西吃吧。」

　　小牛擦擦眼睛，愕然的楞著嘴疑惑地瞧著喜伯，又莫名其妙地望望那袋東西。想起了剛才狼狽的逃跑的情形，他還有餘悸；而喜伯卻又自動的把自己遺下的東西拿回來，並且還裝滿袋子東西，這真叫他摸不著頭腦。

　　他抬起頭來時，喜伯已不知走到哪兒去了。他想起媽媽常教導他說：不要貪便宜，不是用勞力得來的東西不要拿。於是他決定把這些東西送回去。

　　當喜伯倒完別處的垃圾，回來清理這兩籮的時候，他吃驚地發覺，那些鐵罐、瓶子等又原數的回到籮裏了。

一九五七年十一月二十三夜深

原載《茶點》第二十九期，一九五八年一月一日

夜工

　　還有幾分鐘，便是午夜十二時了。

　　工友們都到外面吃東西去了。寂靜的廠房很熱；中央的燒窰裏的炭火仍是很熾烈。金華搬了張矮櫈子，走到遠離燒窰的天井裏，挨著潮濕的牆坐下，馬上便發出鼾聲來。

　　肚子裏的咕嚕咕嚕的聲響，怎麼也不能把他吵醒；下午三點鐘吃的兩個隔夜麵包，早已消化掉了。但這時候，爭取時間小睡一會，對於他來說，真比爭取吃飽肚子來得要緊。

　　他今年才十四歲，本不應該做通宵的夜班工作的；假如廠方曉得他還不滿十六歲，也許不讓他幹。但是，夜班比日班多五角錢，而且還有五角錢的宵夜費——這一塊錢，對他的誘惑真大，於是他便假說自己有十六歲了。他雖是小小年紀，但誰也不懷疑他不能當夜班。他一來這裏，便是當夜班的，而且已幹了十多天了；雖然消瘦了一半，可是他跟大人一樣，從開工到收工，一直未出過亂子。

　　他的父親幾個月前才死去。母親進了醫院生小弟弟，明天才能回家。在母親不在家的幾天中，他經過一夜辛苦工作後，回到家裏還得照顧比他小一半的弟弟。今天弟弟病倒了，他照顧了他一整天，竟沒有睡過。辛苦了一整夜，而得不到休息，接著又要捱夜工了；對於他，這真是很殘酷的折磨。好容易，才捱過去了半夜，他非常希望這半小時的休息，能給他軟癱得難於支撐下去

的身體，注進足夠的氣力，好能支持他幹完這天工作。所以，他很快便熟睡了。

當他睡得正酣的時候，卻被人叫醒了。他瞪眼一看，原來是何維。

「快些吃吧，就快夠鐘了。」他笑咪咪地把一根油條塞到金華的手裏。

「嗯，怎麼好要你請吃呢？」他一望見油條，飢餓的饞涎馬上湧滿口腔。他一邊說，一邊摸出一個角子來，「我把錢還給你吧。」

何維把他拿著角子的手推回去。他便大口的嚼著油條。何維看著，也覺得其中的香味，因而爽朗地笑了。

他比金華大三歲。他們同一天來這搪瓷廠工作，幹的都是洗花模之類的雜工，他們很快成了朋友

「放工回去，你就見著媽媽啦——還有小寶寶呢。」他拿來了一杯開水，遞給金華，跟著在他旁邊下來。

「是呀！」想起媽媽和小寶寶，他馬上樂開了，滿是灰塵烏黑的臉上，堆起了笑容。「她說，不是今晚回來，就是明天早上咯！」

「多謝你呀！」他把最後一口油條吞下，一口氣的灌下那杯開水，抹抹鼻唇，感激地望著何維說。

「嗯，這也用得著道謝麼？」

工友們都陸續回來了。十多個噴花壺子，又開始嘶絲地合唱起來。

金華回到他工作的那個角落裏。身旁三四個烘烘的爐子，像

一道火燄織成的牆；他竭力坐開去，但還感到那煎熬人的熱力，像非榨乾他的血汗不可似的熨著他。熨的太難受時，他就用小手掌在面前的盆裏，兜一些混濁的水灑在向著爐子的那邊身上，藉以涼涼熱得快要焦的皮膚；但不一會，那點兒水便給熨乾了；不乾的是流個不住的汗水。

剛才睡那一會兒所產生的氣力，很快便消失了。他手中握著的鮑魚刷，慢慢變得沉重起來，就像拿著一塊鐵似的。旁邊待洗的花模迅速的積壓起來，外面，噴花工友要等一會兒，才有乾淨的花模噴花；那些等得不耐煩的，便鼓噪地叫喊起來：

「喂！洗花模的，睡了啦？」

聽到吆喝聲，他勉強振作一下。他極力想擦得快些，但花模上的積粉，卻似故意跟他作對似的；先前擦兩下便擦掉了，現在擦幾下還是擦不掉。而且，他的眼皮沉重了許多，不停的垂壓下來；他想竭力不讓它合攏，但只是眉毛稍為動一下，眼皮簡直不聽指揮。像用紅絲裹起來的眼珠，看的東西也一開二，左右上下的晃個不停。

「金華，用冷水抹一抹面吧，」何維把花模送進來時，搖他幾下，「洗一洗面，就會精神起來囉！你看，」他指一指牆上的鐘，想用時間的觀念來刺激他振作起來，「還有四個鐘頭就放工了。」

「是呀，就快放工了。」他機械地點點頭。

接著，他站起來，連續打著阿欠。走到貯水池邊，臼了一盆子水，唏哩嘩啦的往頭上淋下來，果然精神一些。

但這不是由充足的精神產生出來的氣力，終於還是不能持久

的。不一會兒，他又頭昏腦脹起來了。他又走到水池旁邊，淋了一大盆水，然而他的神經像麻木了似的，再也振作不起來了，同時，他覺得，肚子裏好像有一把炭火在煎熬著他的血，全身每個細胞都覺到熱刺刺。腰骨和四肢都酸痛得很，每動一下，都像蟲子在裏面咬一口那樣難受。浸在盆子裏的手遲鈍了，他雖覺得已用全部氣力洗擦著，然而盆子裏的水，卻像一泓死水，連一點兒漣漪也激不起來。

「金華，快些，外面的模子已經用完了！」何維進來取花模，看見他像一段木頭似的，禁不住著急起來。

「啊啊，是！」他被這驀地裏響起來的聲音嚇了一跳，愴惶地扳一扳腰。

何維瞪著眼睛看看，金華那微張著，彷彿不能合攏的嘴唇乾得就要爆裂，而且紅得像火燒；把手掌在他的額角上按一按，就像摸在剛才燒過的花模上似的熨手，他不禁吃一驚。望一望壁鐘——真見鬼，怎麼才是四點鐘呢。

「嗯，你得好好休息幾天才是！」他悄聲地說，一邊把手伸進盆裏，從金華的手中拿過刷子，「我跟你換一換，你去疊盆子吧，那沒有這麼辛苦的。」

金華勉強站起來，揉著眼睛走到噴花間去了。

在一個角落裏，排放在鐵網上待燒窰的盆子，一網一網的疊放得像小山那麼高，他要趕快的把那些盆子安置在近著燒窰的空地上，騰出鐵網作別樣用。

坐著工作得太疲倦，來回地走動一下，對他確是起些鬆弛的作用，他果然覺得比洗花模輕鬆得多。

　　鐵網上的小盆子，已被他逐一的移放到地上了。地上，小盆子愈疊愈高，他要用櫈子墊腳，才夠高往上放。這麼一來，爬上爬下的取盆子，使他微小得可憐的氣力，消耗得特別快。他又感到手腳麻木不聽指揮了。幸好，有個一直在門外搬東西的，跟他年紀相彷的名叫阿忠的小工，回到噴花間來，總算給他幫了不少忙；站在櫈子上，不用爬下來拿盆子了。

　　他愈來愈覺到，身體內處處都像在冒出火燄，血似乎沸透了，喉嚨乾渴的要命，灌滿了一肚子開水，還是止不住渴。他的眼睛發酸得出了淚水，闔起來了。

　　「喂！接住。」阿忠每次把盆子遞給他，總要這麼叫一句，他才吃力地把盆子接過來，放上去。阿忠走開後，他便又打盹起來。

　　他簡直像一段木頭了，在櫈子上搖搖欲倒地勉力站著，兩眼好容易才留下一道縫兒，呼吸也有些吃力，胸膛發熨，他的心也像被吊起一樣來；就是能勉強的張一張眼，也只是看見千千萬萬顆金星在繞著他亂轉。

　　阿忠要到門口外去拿盆子，還沒回來，而領班大頭和卻踱進來了。他是老板的表弟。他在門口便一眼望見金華呆在那裏，他不響地走到金華旁邊，他還沒有發覺。領班便轉到他面前去，他還是不發覺。領班抬頭一望。見他站著在打闔睡，兩手機械地垂伸出來，等待阿忠把盆子送到他手裏。領班心裏光了火。他平日對待工友，已經苛刻了，工友們有一些皮毛小事，他也把人罵個狗血淋頭；對年紀輕輕的小工，做事慢一些或不夠周到，他便拳打腳踢。現在金華居然在工作時候打盹，這還了得？

這時，何維把洗好了的花模，又熨乾了，但又沒有人來拿，他便想送進來。抬頭一望，他登時一怔，真想大聲把金華喚醒。但領班高舉起來的拳頭，已隨著叫罵聲而閃電似的朝金華的腿上使勁打下去了。

「去你的！你是來做工，還是來睡覺的？」

「哎——喲！」金華大吃一驚，腿子馬上痛的麻痹起來。身子搖晃幾下，差點兒從櫈上滾下來。然而，因為他掙扎著時，手肘卻朝疊得高高的盆子上一碰，盆子馬上乒乒乓乓的倒了下來，滾滿一地。

他往後一看，登時嚇得乾張著嘴巴，不知是走下來好，還是繼續站在那兒好？

領班更是怒不可遏，一邊抓著金華的手，用力一拉，他便滾了下來。

全廠馬上震動起來了，大家都放下了工作。

領班搓著腰，臉上的皮緊緊的綁著，牙齒磨的喀喀聲，就像狼守著受傷的羔羊似的望著低聲啜泣著的金華。這時，何維撥開人們，想把金華扶起來，但領班狠狠地瞪他一眼，他只可囁嚅地把手縮回去。後來，還是陳發把他拉起來了。他是個高個子，廿八歲，是他介紹金華到這廠裏來工作的。

「你要賠償全部損失！」領班在金華的臉上打了一巴。還想打第二巴，卻被陳發一手擋回去。

「怎麼賠法？」陳發道。

「哼！你管得著！」領班盯他一眼，「扣人工，」說著，伸出手摸金華的褲袋，「把工咭拿回來！其實，這三幾十塊錢，全

都扣掉了，還便宜了你！」

「放手！」陳發把金華拉倒一邊，用力把領班的手甩掉。「你這是甚麼道理！」

「哼！甚麼道理？」他指一指疊在一邊的碰壞了的搪瓷盆了，「不叫他賠錢就算他好運氣了！」

「究竟是誰之過呀？」陳發抑著氣問。

「是他！是他！」何維指著領班，大聲叫道。

「住嘴！」領班對何維晃一晃拳頭，然後向其他工友們掃一眼，「不開工，看甚麼！干你們甚麼事！」

「你不要這麼惡，金華少了一根汗毛，哼！你才要賠償吶！」陳發義正辭嚴地說，「居然惡人先告狀，你有甚麼道理打人？不喜歡，可以把人家開除，你有甚麼理由打人！」

「是啊！你憑甚麼打人！」工友們異口同聲的說。

「不要吵！開工，開工！去你們的！」

沒人理睬他。

「好！明天把你們通通開除！」他威嚇地道。

大家都鄙視地盯著他。

「喂！你不要說的這麼響！」陳發理直氣壯地指著他說，「你不打他，使他站不穩，他會把這個弄倒嗎？」

是呀！要是不打他，他就不會搖晃起來而把盆子碰倒的；他這麼一想，就給陳發的話窘著無法自辯了。

這時，副廠長聽見憤怒的叫喊聲代替了噴壺聲，覺得很驚詫，便從辦公室出來看看。這才給領班解了圍。

「喂！隨便停工，你們打甚麼主意？」他一邊說，一邊向大

家走近來。

「他們要搬弄是非吶！」領班道。

於是，陳發便從容地把事情說出來，又加上這麼一句道：「因為不合理，所以我們不許扣人工！」

「唔，」副廠長回過頭去，望著領班，儼如審判官，「是嗎？你打他？」

「他在工作時打瞌睡，」他吸了兩口煙，點著頭，重複著領班的話。藏在金絲眼鏡後面的小眼睛，在閃著狡猾的光，時而望望陳發；一眨，又轉到金華身上，「你怎麼打盹？哼！明知做夜工，怎麼日間在家不睡覺，偏是回到廠裏開工時才睡？」

這孩子抖索起來，心裏發急著。把臉背過去，貼著陳發的胸膛，委屈地哭起來。

「是的，工作時打盹是犯了廠規，這也許是他不對，」陳發據理講理的說，「但他怎麼有理打人？你們可以因他犯廠規而開除他，但卻沒理打人！」「你呀，倒是牙尖嘴利！」副廠長險惡地瞪著陳發，「誰說他打人？誰看見的？」

「我看見！」何維首先說，聲音非常響亮。

「我看見！」其他的工友都異口同聲的話。

「你們不打自招了，」副廠長彷彿找到了充分的理由給他的話作支持似的，有些得意起來，「你們都是為管閒事來的，不是來做工！」他暗自察看著工友們的反應如何，然後又加上一句：「不然你們哪有功夫看人家打人？」

「聽見他要打人，我們怎麼不知道！」陳發說。

副廠長和領班雖然對陳發恨之入骨；但自己理虧，怎奈他何？他知道，爭辯下去，最後還是自己失敗的，於是他的口氣軟

了下來了。

「他打人，是我們廠的事，你們有你們的工作，怎麼要你們管？」副廠長說，「總之，你們隨意停工，就是犯廠規——還不去工作！」

工友們都不理睬他。

「那你們還想怎麼啦！」

「不准扣薪金！」大家齊聲道。

副廠長氣急敗壞地望望那堆在一起，趕的很急的貨，終於無可奈何的揮揮手說：

「算啦！算啦！大家快些開工吧！」

工友們散開了，噴花壺子又嘶嘶地合唱起來。

金華全身已像一塊炭火，昏昏沉沉的，靠著陳發才勉強站得住腳。

副廠長回到廠長室去了。領班瞪著好不服氣的大眼，走過來吆喝道：

「喂！還不開工，想甚麼？」

「我不開！你扣我半天工錢好啦，這麼惡幹嗎？你！」陳發說的比他還要響，接著，扶起金華便往外走。

走在街上，帶著鹹腥氣味的海風吹過來，使他們的腦子清醒了許多。金華突然發覺自己在街上，便叫起來：

「哎喲！怎麼我走到這裏來呀！」

「是呀，華仔，我們回家去啦！」陳發摟著他的肩膀，親切地說。

「我不能回去呀，我要開工呀！」他掙甩了陳發的手，想回廠裏去，「大班要打我呀！」

陳發把他拉住，竭力安慰他。他才安心下來，繼續迎著清涼的海風往前走。街道還熟睡著，街燈彷彿不讓他們走似的，拼命拉長他們的影子。

「你看，就快天亮啦！」陳發把手從他耳後彎過來，挑逗一下金華的小下巴。「天亮時，你媽媽就回來啦？」

華仔抬頭望望天空。鯉魚門那邊的天上，在靜止的雲片間隙中，隱約地露出了灰白的微光。

「是呀，天光了，媽就快回來啦！」

他們拐個彎，轉進一條小巷子，摸索地爬著一道漆黑的木樓梯。上到二樓，華仔摸著繩子，叮叮地拉了兩下。

「是誰呀！」是母親的聲音。

裏面亮起了燈光，接著是木屐聲。

原來，他昨晚返工後不久，母親就回來了。因為弟弟在發燒著，而且又聽同居們說他沒吃飯就返工；她心裏一直都憂慮著，沒有好好睡過，只是想著快些天亮，可馬上去接他回來。

聽到媽媽的聲音，他高興起來，竟忘了這時是不適宜高聲叫喊的靜夜，大聲地叫道：

「是我呀！媽！」

開門了，他馬上撲進去把媽媽接著。

「怎麼，這麼早放工嗎？」母親有些詫異。

「是誰？」她想把門關上，發覺外面還有人。

「我，伯母！」陳發悄聲應道，輕輕把門關上。

「是陳發哥哥，他送我回來的。」

他們母子幾人，住在近廚房的樓梯底那張牀上。母親輕輕地把火水燈扭亮些，又把被子推近牆壁去，騰出牀沿來招呼陳發坐

下。

「麻煩你呀，你這位叔叔！」說著，她又扯下一塊破面巾，替金華抹著汗。手掌按在他的肩膊上，她馬上吃一驚。「唉，怎麼還未收工，就要人家送回來呀！」

「今晚的工作已差不多了，」陳發說，竭力想減輕這位慈母的疑慮不安，「工友們因為他年紀最小，便叫他早些回來休息。你讓他好好休息兩天再算吧！明天是糧期了，明早你拿他的工咭到廠裏來出糧好啦！」

說罷，他起來要走了，但母親竭力挽留他多坐一會。而金華突然插嘴進來道：

「不是的，媽，他說的不真！」

接著，他把剛才的一切，一口氣的說了一遍。

母親聽了，馬上難過地把他撲進懷裏，悲慟地流著淚，用她的面頰擦著孩子火熱的額頭道：

「啊！是嗎？好在叔叔們都是好人呀！」然後，她抬起頭，望著陳發，「我們該怎麼多謝你們呀？……是我不好，我沒有給他足夠用的錢，不然他用不著餓著肚子返工的，唉，是媽不好！……」

「不是的，伯母，別難過吧，」他說，站了起來，「其實，廠裏吃不飽飯返工的人，不只是金華一個呢。」

「啊！世界就這麼艱難略！」她說，送走了陳發工友。

一九五八年五月十一夜深

原載《文匯報‧文藝》，一九五八年五月二十四日

阿嬌和她的同伴

　　飽嘗失業的痛苦後，好容易找到一份新的職業，在上班的第一天，自然到得特別早；法律上雖然沒有這個規定，但許多人都不約而同的默行著這成規。我每次找到職業時也不例外。今天我又本著這種精神往《流星日報》開始上班了。

　　雖然已是下午一時多，但報館裏除了一位雜工在打掃外，探訪部還沒有人上班。我覺得有些無聊難過，便坐下來看午報。

　　電話鈴忽然響了。我抓起聽筒：是一個女孩子的清脆的聲音，她找唐先生。我正欲回覆她唐先生還沒有來到時，排字房的甬道上卻傳來了匆忙的皮鞋聲，我連忙叫她稍候片刻；來的果然是唐先生。他是我的上司──採訪主任。

　　唐先生放下聽筒，便說他要出街，吩咐我聽電話，如有特別新聞便馬上去採訪。他正要離開電話機時，電話鈴又響起來了。他一邊聽，一邊在一個硬皮薄子上記著。我的心隨著突突的跳起來。

　　「黃先生，這單新聞，你立即去看看吧！」唐先生轉過身說，手裏拿著一個薄子，我的心跳得更緊張了。「這是我們獨有的新聞，你盡可能訪得詳盡些，今晚或許用作頭條新聞了。」新聞的重要性，更使我怔住了。

　　「好的，讓我努力試試吧！」我實在毫無把握。

　　「不要試，你一定成功的。」他說，在我的肩上輕輕拍兩下。

說罷他出街去了。

我對著記新聞的薄子呆起來，感到手足無措。這是一宗恐嚇勒索的新聞：一個妓女被一個黑社會頭子威脅，她往警署投訴。報告這消息的人沒有說出那妓女的姓名；只憑一個地址，我從哪裏入手呢？但職責所在，雖然無法避免要交白卷了，而我是不能不去探訪的。

我沒有過臨場的採訪經驗，只聽表哥說過一些。他曾告訴過我關於謀殺、自殺、騙錢、失蹤等等新聞的採訪經過，卻從沒有聽他說過怎樣採訪像我現在要去採訪的新聞。因為無經驗可供借鑒，而今天又是我從事新聞採訪的第一天，第一次採訪的新聞竟如此重要；很明顯的，我的飯碗便繫於這一單新聞了，怎能不叫我提心吊膽呢。

想到這裏，我已來到海旁一間小旅店的門前了。

「先生，叫大姑娘嗎……」一陣低得有如幽靈的聲音在我耳畔響起來，我才從夢幻般的愁思裏醒過來，止住腳步，向旁邊瞥一眼。一個靠近我的胳膊站著的瘦矮的老婦人，正背著兩手，傴著腰，微張著乾瘤的嘴巴期待地瞧著我。我望望那旅店：正是我要找的。店堂裏用木板間成的賬房裏，一支蒙著厚塵幾乎透不出光來的昏黃的電燈下，戴著老花鏡的掌櫃在埋頭地撥他的算盤，毫不受排列在門口的妓女們的嘻哈笑話影響。那些妓女忽然貪婪地盯著我，停止說笑後，掌櫃便抬起頭來，打眼鏡框裏透出遲鈍的目光瞧著我，臉上還掛著莫明其妙的冷漠的笑影，使我窘得忙把視線轉到腳尖上去，心亂得幾乎忘卻了此行的目的。

「先生，大姑娘很漂亮的呀……」那老婦人彷彿在剎那間成

了我的備忘錄，又重複地在我的耳畔呢喃道。

　　我的臉忽然刺熱起來，額上冒出了汗珠。心裏突然的閃過一個可怕的念頭：要是這時候有熟人走過，誤以為我嫖妓，那將怎樣才能把名譽洗清白呀！這麼一想，便不知從何來了一股勇氣；我向四周掃視一遍，馬上便避進旅店裏。在靠近賬房的不為人注意的角落站著。妓女們也如鐵釘附磁石似的走過來，把我像菜心似的圍在中間。

　　「你叫哪個呀？」她們幾乎異口同聲地問道。

　　我窘了好一會，才吶吶地道：

　　「我忘記她叫甚麼姐了！」然後又撒一個謊說：「不過我聽說剛才有人要打她，她把那惡棍扭上警署去了；就是那個！喔，你們剛才不看見她跟那惡棍扭打嗎？」

　　「沒有呀！」她們面面相覷地遲疑著說。「我們整日在這裏，從沒見過誰吵架的！」

　　其中一個妓女忽然問道：「他是密探嗎？」

　　「一定是雜差啦，他是來查案囉！」另一個妓女插嘴說，不高興地走開了。

　　「哈哈！假如我是警探，那我就把你們全都拉上警署了。」我裝作很開心的樣子說。

　　「或者是阿嬌吧，」在我背後有誰這樣說，我回頭看看，一個女人正在吸煙，睇著眼睛斜視著我，吐了一道白煙後，她又說：「今朝跛腳狗來過，搶了她二十元，她追到門口，但終於還是讓阿狗拿去了。一口氣罵了幾個鐘頭！」

　　「啊！你說起來，我倒記起她的名字了，」我說，「不錯，

就是阿嬌姐！她現在在哪裏？」

「在樓上的不是！」那女人嗤的笑了一聲說。其他的妓女便失望地散開去了。

我疑惑地沿著那道殘舊的樓梯走上去。在樓梯口，一個肥胖的女人坐在小板櫈上，幾乎擋著了我的去路。

這女人大約三十歲，她的手臂幾乎像我的腿肚子那麼粗壯。臉頰上殘留著隔宿脂粉的淡紅痕迹。眼睛有些兒浮腫，眼皮就像沉重得睜不起來，眯成縫兒瞧著我，彷彿帶著睡意剛起牀的失眠人。那塗著深紅色口紅的嘴唇憂鬱地緊撮在一起，好像兩片紅棗粘在黃臘塑成的臉上一樣。她一定是還想著那二十塊錢，想著狠心的阿狗，這可不就是我要採訪的主角嗎？於是，我打心底裏興奮起來。

「你是阿嬌姐嗎？」我說。

她點點頭，疑惑地打量著我。

「很久不見，你已不認得我了吧！」

「你是誰？」

「我……我……」她這麼一問，我突然發窘得連假造一個名字的急才也沒有了。好容易才想到一個：「我是阿祥仔，你這麼快忘了啦？」

「真的，我不認得你了。」她說，站起來，伸出了手：「把錢拿來再說吧！」

我遲疑著，有點疑惑不安。這時一位伙記端著一盆水經過，解釋地插一句道：「先生，我們這裏的規矩就是這樣，先給錢，她然後帶你到房裏去。」

「幾塊錢？」

「六元囉，還用講價！」

「哎啊！我上次來時，不是收四元嗎？」

「你見鬼！你少奶奶是爛貨嗎？四塊錢就給你摟抱了，嘿！」

我無可奈何地給了她六塊錢，跟著她走進一個板壁的小房間裏。房間裏的濕霉氣味，使我幾乎忍不住作嘔。裏面陳設也很簡陋：除了一張木牀和兩張破殘的木椅外，就沒有甚麼了。燈光昏沉沉，把房子照映得陰淒淒的。我在牀沿坐了下來。心裏充滿了神秘的感覺。她回轉身要把門關上，我連忙止住她道：「別關上吧，不然悶死人了。」但她沒有理睬我，終於把門關上了。

突然，我的手像給甚麼刺了一下，使我差不多要「喲」的一聲叫著跳起來。我把手縮回來，低下頭去看看，三四隻臭蟲正在破蓆上狠狠地逃命。

我不敢再坐了，便站起來，望她一眼，她已經脫去了外衣，我的腦子紊亂起來，心在抖索著，連忙道：「嬌姐，不要脫吧，我們聊聊天好了！」

「嘿！你害羞嗎？」她轉過身來望著我，眼睛裏閃著憎恨的光芒。「不要假正經了，還不脫衣服幹嗎？」

「我……我不要……」我窘起來，急得滿頭大汗。「咦！嬌姐，我們坐下來談談不好嗎？為甚麼一定要脫掉衣服？」

「你究竟來這裏做甚麼？」她有些不耐煩地說，準備把外褲也脫下。我把她的外衣拋給她，終於阻止她把褲子脫下來。

「我不是找你——」說到這裏，我感到難為情起來，不曉得

該怎樣說下去。她卻不相信地譏刺地瞪著我。「我找你閒談，不可以嗎？」

「哈哈……」她冷笑道：「你這傻瓜！給幾塊錢找人跟你閒談！誰信你！」

「難道你不相信嗎？不相信也試試看有甚麼不好？你不高興斯文的客人麼？難道一定給了你幾塊錢，就要在你身上取回代價你才滿意嗎？」我幾乎按捺不住，要朝那蔑視我，不信任我的好意的眼睛上揍一拳。

「嘿！你這假正經，你少奶奶撈了十幾年，甚麼樣的人沒見過！你可是例外的麼？你今天給了錢不摸我一下，嘿！明天再來你就要喝你少奶奶的血，嚼你少奶奶的骨頭囉！那個惡魔不善於扮佛祖？哼！你斯文，正經，就不會到這地方來混囉！」

她說，瞪大著眼睛，氣忿得漲紅著臉。我也真被她氣得滿肚子氣，對於她毫不把我放在眼內而覺得莫名其妙；真想不到一個賣笑的人敢待她的顧客這麼粗暴。她滿不在乎地慢條斯理的把衣服披起來，卻不把鈕子扣上。然後又警告地對我說：

「再講一句，你究竟是不是來玩的！假如不是，就不要妨礙你少奶奶做生意！」

她的氣焰這麼高，我的勇氣瞬即消失了，竟不敢再多看她一眼，用差不多是懇求的語氣道：

「你穿好衣服吧，我真是想找你閒談的。」

「噢，那麼再給你少奶奶二十元，我陪你談個通宵好了！」她冷笑一聲，說：「吶，穿好衣服，你別指望你少奶奶再脫下來！」

「好的，你穿好衣服再說吧！」我求之不得的說。接著便陷在不安的凝思裏，意識到不能指望從她身上打聽到甚麼新聞了。

「呀」的一聲門響，我抬起頭來時，她的身影已在那半邊門口裏一閃便消失了，接著便聽到了笨重的腳步踏著梯級遠去的聲音。

我沮喪地站起來，失望地跨出了那房間。在陰黯的小過道上呆站了一會，彷彿迷失在罪惡的地獄裏，直到聽見從下面傳來了夾雜著穢語的嘻笑聲，我才迷茫地嘆了一聲，厭惡地朝樓梯走去。在轉角處，幾乎與登樓的人撞個滿懷。我愕然的閃在一旁，一看，原來是她，正被一個半禿著腦袋的男子摟著走。她譏笑地回過來望我一眼，我被氣的趕忙加速了腳步下樓去。然而，下面的七八個女人，卻不約而同地止住了笑聲，都盯著我，我尷尬得抬不起頭來，匆匆地出了旅店的門口，後面卻爆出了妓女們的嗤笑。我總算狼狽地迅速的躲開了她們的視線了，然而卻忘不了她們用以送別我的那句話：

「哈哈，看那神經佬！」

一九五九年十月十一日晨四時於香港

寂寞的山村

一

　　每天清晨，都是第一次雞鳴把我喚醒。今天也不例外。躺在牀上，從窗子望出去，園子裏幾棵瘦削的木瓜樹，在微明的曉色中浮現著朦朧的輪廓；村道旁邊那棵四張著胳膊，似乎要把整個山村攏抱在懷裏的老榕樹上，還有幾顆殘星眷戀著灰白的天壁，閃著蒼白的微光。後來，我睡意未消，還顯得沉重的眼皮又沉沉地瞌上。在半睡中，疏落的雞鳴聲，此起彼落的從分散在山谷裏的屋舍裏傳來。接著，便是鳥群掠過樹梢的嗣唧噪鳴聲，引得我們屋後的小雞也吱吱的嚷起來，母雞呢，彷彿勸牠們多睡一會：「還早，還早！」的叫著。不一會兒，小過道裏便響起了屋主故意放輕腳步的木屐聲，「鐵噠鐵噠」的走到廚房裏，開了小門，餵雞去了。這時，我再睜開眼睛，那滿是精神奕奕的雞群的園子裏，連細小的砂粒也可以看清楚了。爬下牀來，睡在下鋪的朋友，還在打著匀稱的鼾聲呢！

　　今天是星期日，由於昨夜睡得很晚，當我的眼睛灌滿金光，驀然的醒過來時，朝陽已在那棵老榕樹頂上，把灼熱的光芒瀉在我牀上了。

　　我下了牀，我的朋友跟屋主，都已不在家了。

　　不用上班，又沒有事情或約會，我真不知道，今天呆在家裏

該作些甚麼呢。山村的寧靜的環境，常常使我覺得很有些寂寞難耐。

我們的屋子在村道旁邊，然而卻是這村道的盡頭，緊靠著山腳。

屋子的東面是小小的木瓜園。屋前有一小塊三合土的曬場，旁邊給一道三尺多高，修剪得很整齊的矮樹籬繞著，像一堵綠色的圍牆。

屋子裏面給漆上綠色的木板間成三個房間。跨進門去就是客廳。右邊的房子是屋主自己住的。另一邊的房子分租給我跟朋友健青同住。

這個山村是在離熱鬧的市區不很遠的一小片山谷平原上。整個村子有二十多戶人家。每間屋舍幾乎都有一個小小園圃，自成一個小世界，不規則地散佈在山谷裏。村子裏有曲折的小巷溝通著，然而通往市區大街的道路只有一條，這就是我們木瓜園旁邊的村道。沿著這條泥路，走十餘分鐘才到電車路。

這個早晨，我還沒盥洗，站在園子過道口的石砌臺階上。游目四望之際，看到一個女孩子正在越過閃閃發亮的電車路，蹣跚地向村道上走來。

沿著村道的斜坡，她好像很不習慣的慢吞吞地走著，傴著腰；愈來愈近，也就愈看的清楚了。

看來她只有二十歲左右，熨得微鬈的秀髮，輕輕的垂遮著半邊衣領。臉龐長長的，下巴圓圓的，兩道眉毛像新柳葉那樣彎得很好看。她穿著圓領的白綢襯衫，杏色的裙子，儀態很端莊。她手裏挽著深藍色的提箱，左手裏捏著杏邊白色的手帕，不時用它

去揩額頭;看來,她彷彿是外地回家度假的學生。

她走到我跟前了,而我仍獃著似的站在過道口上,忘了給她讓路。她站住,遲疑地瞧著我也許不好意思勉強的擠過去,希望我能自動地閃開一點兒。

片刻,我才醒覺過來,趕忙退到旁邊,讓出路來說:

「小姐,找誰?」

「我父親。」她簡短地說,眼睛裏有疑惑的神氣,好像是說:你是甚麼人?

「哦,是秦先生嗎?」

她含蓄地點點頭。

「那麼,你是秦小姐啦!」

「不敢當。」

「秦先生出去了,你請進裏面休息吧!」

我們回到屋子裏。

我雖然二十六歲了,但仍不習慣跟一個女孩子——尤其是這麼端莊美麗的女孩子獨處在一起,所以我突然覺得房間裏的氣氛窘得很。我呆呆地站在門旁,看著她歡慰地向屋子裏舉目四望。

「請坐,秦小姐,我想……秦伯伯就快回來啦!」

她回過頭來望我一眼,臉頰上透出了淡淡的紅暈,不自然地笑了笑說:「謝謝你!這是我的家,我應該自己招呼自己才是。」她掠了掠耳旁的秀髮,然後問道:「先生貴姓呀?」

「小姓章。我搬到這裏來,差不多有一年了,卻沒有見過秦小姐;不過,我早已從照片上認識秦小姐了。」

「是嗎?謝謝你!」

　　她溫和地說，露著淡淡的有點兒怯生生的微笑。

　　她挨著鋼琴坐了下來，隨手掀起黑油油地發亮的琴蓋，輕輕地按了幾下，清脆的琴音好像使她想起了許多愉快的往事，眸子上閃著旅人回到久別的家時親切喜悅的光彩。

　　這時，門外傳來了拖鞋的聲響，我剛回過頭去，健青已跨進屋裏來了。「喔，我以為你出街去了。」我對他笑著說。

　　「嗯，當然啦，」他說，向秦小姐瞥一眼，然後別有用意地往下說：「你當然這麼想囉！」

　　他穿著睡衣，褲管幾乎捲到膝蓋上，拖鞋上滿是潮濕的草屑，顯然是從山上回來。

　　「我早就知道會有人找你！」他說。「怎麼，不介紹我認識這位小姐嗎？」

　　健青雖然比我長一歲，而且又是一個孩子的父親了。然而他那永遠青春活潑的性情，使他像不懂得甚麼是客氣與拘束的孩子。陌生人初見他，會覺得他有些兒魯莽，但只要搭訕上幾句，便會很容易對他發生好感。不只這樣，他那高而不是太瘦的身軀，大嘴巴厚嘴唇的外貌，也是很容易取得別人的信任的。

　　「這是秦小姐，可以說是我們的女房東吧！」我為他們介紹，「這是我的老朋友溫健青，那間房是我們的——我們又是老同居。」

　　她微笑地瞧著他，點點頭；他呢，像見了老朋友那樣叫道：「噢，原來是秦小姐！我從山上望見你回來，還以為康寧瞞著我，約他的女朋友來玩呢；啊哈！想不到你們的認識，只不過比我早了兩分鐘罷了！」

健青的話，引得秦小姐也禁不住噗嗤的笑起來。有他在這裏，屋子裏的空氣馬上活潑了許多。秦小姐沒作聲，他接著又說道：

「秦小姐，我們住了一年，怎麼沒有見過你呢？」

「我在澳門教書，」她說，「去年寒假時，本想回來；因為我從沒有看見過落雪，便跟幾位同事到北方去玩了差不多一個月。」

這時，園子裏傳來了屋主吆喝的聲音。她趕忙從後門轉到園子裏去了。我和健青像被風捲動的葉子似的，也跟著她走到外面去。

秦伯伯正蹲在地上，對一頭黃狗罵著，原來牠強搶雞群的食料；然而卻不因秦伯伯的吆喝而驚怕，牠只是走開一點兒，貪婪地望望木盆子裏的冷飯，討好地搖著尾巴。

「爸爸！」她高與地叫了一聲，走上前去摟著秦伯伯的脖子，像個小孩子那樣的天真，幾乎把秦伯伯推倒在地上。

「啊！碧霞，你回來啦，呵呵！」秦伯伯感動地站起來，支開著她，緊緊地握著她的胳臂，深情地凝望著久別的女兒。「怎麼不預先寫封信回來，讓我接你呢！」

「唔，這樣不更好嗎，爸爸？」她嬌嗔地說，噘了一下小嘴，顯得有點兒淘氣。「接到信，你就會有一兩晚不得好睡了，我為甚麼要叫你高興得失眠？」

「啊——哈哈！」秦伯伯笑道，放開她的胳臂，「不過，你不預早通知我，我就沒有預先給你弄點好吃的東西囉！幸好，你看，那個大木瓜好像知道你要回來了，現在才熟透，我們現在就

摘下來吧！」

說著，秦伯伯從牆下拿過來一張板櫈子，走到靠近曬場的一棵與屋簷一樣高的木瓜樹下，踏到板櫈上去。

「哎唷！」秦伯伯托著那個黃油油的大木瓜，轉了幾下，驚愕地叫起來，「可惡的老鼠，給牠們咬壞啦！」

「甚麼？」碧霞訝異地說，走上前去，仰著頭向木瓜樹望著。「不是好好的嗎，爸爸？」

秦伯伯把木瓜摘下來，托在掌上，惋惜地然而又氣惱地說：「你看，你不在家，可惡的老鼠也敢欺負爸爸啦！唉！爸爸老了，沒用了，要是你媽……」

「喂，爸爸，算了吧，」

「唉！唉！你媽在世時，老鼠哪敢到這裏來呢？」

「爸爸，別想了吧！」

「好，好！不想啦！你這次回來，還是未把牀睡暖就要走了嗎？」秦伯伯說，剛才還高興得合不攏嘴的笑臉突然沉了下來，露著憂鬱的神情。

「不，爸爸，我已辭去了那邊的工作，」碧霞說，「我不打算回去了，準備在這裏找工作。因為我也不喜歡那邊孤零零的，我要跟你在一起。」

「啊！是嗎？那就好了，我不是早就叫你在家裏嗎？」

秦伯伯與女兒的憂鬱，竟感染了我，使我也莫名其妙地有些難過起來。他們的家實在缺少了一種主要的東西：秦伯伯沒有老伴，碧霞沒有慈母。在這間沒有了主婦的家裏住了差不多一年，我竟一直都沒有覺察到。雖然我每天回家時，幾乎都看一眼客廳

奶白色牆上那幅全家福照片，但我卻從沒有問及他們的家事。所以我一直都以為秦伯伯獨自在這裏，而讓妻子兒女留在故鄉罷了，哪裏會想到他們的精神生活上竟有著難以填補的遺憾呢！

提起了她母親，父女倆都默然神傷起來，難道她母親之死，竟是一個淒慘的故事麼？

二

我和健青都是「出門人未帶家眷」的單身漢，懶得自己動手燒飯，所以我們吃飯問題都是在外解決的，星期日也不例外。但是今天秦伯伯為女兒洗塵，多弄了幾碟小菜，父女倆極力邀請我們吃午飯，健青爽快地也替我答應了下來。

飯後，我本來打算到表叔家裏去，健青也說約了朋友。我們便一起準備出街了。健青卻把鞋子拿到客廳裏去穿。

「出街嗎？溫先生。」碧霞問。

「是呀。你有空麼，我們去看電影，請你一道去，賞面麼？」

「看甚麼電影？」

「《萄葡美酒夜光杯》！肯賞面嗎？」健青說，忽然把頭探進來對我說，「噲，康寧，我們請秦小姐看電影。」

我向他瞪一眼，沒有回答。他也不待我答覆，便轉過頭去了。

三個人並肩在耀眼的陽光下慢慢的走著，我只是默默的隨行，健青則跟碧霞談著關於這套片的評論。

走到電車路時，一輛西行的巴士正開來，我突然的改變了主意，覺得還是到表叔家去好。便匆忙地跟他們分別，獨自上了巴

士。他們起初有些愕然，但剛想問我的時候，巴士已開行了。

當我回家的時候，已是深夜了。山村人家早睡，燈火稀落，金字形的屋頂寂寞地籠罩著月色，與一些黑壓壓的樹叢形成黑白分明的兩種境界。

半圓的月亮懸在山村的上空。

我走到園子的過道口，看見我們的窗子映出了半明的燈光，玻璃窗上有一個女子彈琴的投影，像粘在窗上的剪紙那樣引人注目。屋子裏，優美的鋼琴旋律頓時把我迷住了，生怕腳步聲會破壞了旋律的和諧，於是，我挨著矮矮的籬笆停了下來，一邊凝望著窗上的剪影，靜靜的欣賞。我聽出來，那是德彪西的《月光》。

木瓜樹的陰影裏忽然「嗚嗚」也傳出了洪亮的狗吠聲。雖然知道是我們的黃狗，但也免不了給嚇了一跳。我惱怒地吆喝了兩聲。琴聲卻中斷了。

我愕然的抬起頭，看見健青和碧霞走到門外來。

「啊，原來是章先生！」她說，並且笑著，眸子在昏黃的燈光與月色交映下愉快地閃亮著。

「對不起，打擾了你！」我抱歉地說，「啊，你彈的多麼動聽！多麼醉人呀！」

她穿的還是白綢襯衫，杏色百褶裙，背著月光站在曬場上。

我往廳子裏望望，鋼琴的蓋子打開著，一支翠綠色的小枱燈在琴臺上照著譜架上的樂譜。

我在矮樹叢旁邊的石櫈上坐下來，健青背靠著門框站著。碧霞站在門前那小方塊曬場的中央，不過把身子轉過來對著我，兩手交疊在胸前，穿上了膠拖鞋的右足微微的向前伸著，態度悠閒

得很。

「那片子好看嗎？」我說，抬起頭來望著她。

「好呀，溫先生介紹的真不錯，可惜你不在一起！」她忽然又像責備似的問道：「你怎麼不跟我們一起去看？」

「因為我昨天約了表叔。」

為著避免他們再提起看電影的問題，我便回到屋子裏去了。

我再出來時，他們已在曬場上放了三把椅子，有一把空著，顯然是留待我坐的。

「不早了，你們還不想睡嗎？」我說。

「假如你沒有必要這麼早睡，就坐下來聊聊天吧。」碧霞說，把椅子推到我跟前來。我沒有坐下去，只挨著椅背站著。

「你們是同事嗎？」她問。

「不，」健青比我先說，也代表了我的回答了。「我在工務局工作，他在他表叔的公司裏。」

「你們真是老朋友呢！」她說，閃閃發亮的眼光在我和健青的臉上溜轉一趟。

「不是老朋友，也可算是老同學了。」健青說，把椅子當木馬似的輕輕搖著。「我們的老巢都在澳門，而且又是在澳門讀中學時的同學。」

「我在澳門的聖愛德小學教了兩年，」她說，「說來真有點相見恨晚啦！」我們三人都笑起來，由於四周都那麼寂靜，我們的笑聲便顯得特別響亮。

月亮向山後偏斜了，屋子的陰影已把小小的曬場遮蓋著了。只有那圍牆似的樹叢上還有稀淡的月影，我們才回屋裏去。

三

　　碧霞回到家裏來，不但使她的父親開朗了不少，而且影響了我們的生活。我們的日子過得不像以前那麼寂寞單調了。這以前，我們除了看看電影外，幾乎大多時候都困在這山村的小屋裏。唯一的樂趣，就是逗著老黃狗玩玩，或跟秦伯伯整理木瓜園。

　　現在，我們三人常在月色下漫談。我不是一個健談的人。每次我們坐在一起的時候，我都是少言寡語的，然而聽著健青和碧霞無拘無束的笑談，卻也很使我快樂。

　　也許是這緣故，我無法打破與碧霞之間的隔膜，像她與健青那樣熟絡得像多年的朋友。她能與健青相處得那麼愉快，除了健青是個善交際的人外，他的工作時間比較短，也是一個好條件。我們上班的時間相同，但他五時便下班了，而我卻七時才下班。許多時候，我回到家裏來時，便看見他們愉快地在一起：有時在村道上碰見他們散步，有時在木瓜樹下或曬場上談笑，有時則是他站在旁邊，凝神地看她彈琴。漸漸的，我看見他們在歡快地談笑的時候，我便覺得自己孤單寂寞起來。

　　除了星期日外，我幾乎沒有其他假期。這一天是週末，下午三時左右我接到健青的電話，他問我是否可以到九龍去看一場五時半的電影，我答應了。

　　我提早下了班，趕到戲院去時，健青和碧霞已在那裏等著我。他們靠得那麼親密，我幾乎不好意思走過去。

　　電影散場後，我們走到街上時，已滿街七彩的耀目燈光了。我們橫過了熱鬧的彌敦道，回過頭來，便看見對面的矮屋上空，

嵌著明亮的月光，深藍的天壁沒半絲雲彩。

「這樣的夜晚，划艇是最有趣啦。」健青說。望著月亮的碧霞馬上贊成。

雖然是春深初夏的季節，氣候已很溫暖，甚至可以說是很熱了，但是晚上的海風，還是有一絲寒意，還不是游泳季節。荔枝角，這個在九龍半島西南端的海灣，靜悄悄的躺在月色下，藍得發黑的海水，映著灣畔的霓虹燈光，像彩色的海蛇群集著歡快地跳躍。我們登上了小艇，健青坐在中央的橫板上，熟練地把小艇划離了海灘，滑向了銀光閃閃的海心。我與碧霞並坐在艇尾，小艇在輕輕的波動中滑行著，他划得毫不費力，使我既欽佩又有點兒嫉妒，難怪碧霞的眼睛像碰上磁石似的瞧著他了。

「溫先生，你常到這裏玩嗎？」她說，兩手環抱著膝蓋。

「不是的，這好像還是第三次。」他把槳一按，槳葉揚起了的水花隨著微風吹到我們的臉上。「你？從前常來玩嗎？」

「我在讀書時，就常跟同學們來玩的，」她說，望著海灣上閃動的燈光，陷進愉快的回憶裏，「不過，我到澳門後，已有兩年沒來了。」

「你寶刀未老吧！」健青笑著說，熱情地望著她，讓出一個坐位來，遞給她一支槳：「來來來，我們一起划！」

她點點頭，坐到健青旁邊去了。

他們合力地划起來，但划的很慢。我好像坐在兩位陌生人跟前似的，心裏有說不出的隔膜，真後悔跟他們一起來。

「你放假回港來，難道沒有再跟朋友來玩過麼？」

「回港？」她淡漠地笑了一下，漠然的望著我腦後的天空；

月亮就印在那兒。她一邊划著，一邊說，「我離家兩年多，這次是第二次回來。」

「哎唷，香港跟澳門，只是幾小時的航程，怎麼不常回家？你把秦伯伯孤另另地留在家裏，你媽媽又不在這裏，你可真太狠心！」健青開玩笑地說。

她手裏的槳慢得幾乎停住了，望著遠方的大眼睛閃著奇異的亮光，眨也不眨一下，沉默了好一會，然後勉強的露出一絲笑容來，慢吞吞地說：

「也許是我太狠心了。」

這聲音不像剛才那麼快樂，有點兒憂鬱，好像突然想起了甚麼傷心事，接著便無言地低下了頭。

我們的艇子離岸很遠了，然而風平了，浪也平下來了，映在海面上的月光像一塊巨大的錫薄。圓圓的月亮明晃晃的浸在我們船邊的海水裏；她把手伸下水裏，像要把月亮撈上來，月亮馬上片片地裂碎了。

「碧霞，」健青說，我第一次聽見他這麼稱呼她。「我們一直都沒有見過你媽媽，你是跟她在澳門的麼？」

「不，她不會再跟我在一起了。」

「為甚麼？」我愕然的插嘴問。

她抬起頭來，望望我，微笑了一下。

「她——死了！」她說，聲音有點兒抖動，臉在月色下顯得冷漠而憂鬱。「就是這樣，我才不打算回家來。」

「但是，你不是更應該回來看望你爸爸嗎？」健青問。

「爸爸？咦，假如不是他，媽媽是不會在那麼年輕便死去

的。」她抬起頭來，輕輕地嘆息了一下。

我忽然想起了，當天秦伯伯在她跟前，流露出來歉然的疚愧交集的神情。

「那時，我才十一二歲，」她帶著閃亮的淚痕回憶著，「媽媽有了肺病，爸爸說那山村環境好，便買下了我們現在的這間房子。那時他是一間洋行的出口部主任。但搬到這裏來後，媽媽的病沒有減輕，反而更重了，爸爸只好送她進院治療。後來，不知怎的，爸爸竟與洋行裏一位女打字員相好起來，這消息不知怎樣的竟傳到母親耳中了，她受了刺激一氣之下，竟精神錯亂起來，從醫院五樓的窗口跳下，死——了！」

說到這裏，她使勁地划著。

「後來，」她繼續說，「爸爸好像痛悔起來，覺得自己犯了罪，覺著對不起母親吧，他馬上跟那女子斷絕了關係。另一方面，他好像也覺得對不起我，為要彌補這深重的過錯，他無微不至的照顧我；不再續絃，把下半生的精神和希望都集中在我身上。我一直都被瞞著母親的死因，及至我快中學畢業的時候，我從姑母那裏知道了真相，我痛苦、悲哀，便憎恨起爸爸來，畢業後遠走高飛，永遠不再回家來。」

「那麼，你這次回來，只是作短期逗留嗎？」健青說。

「不，我現在已不像從前那樣了。」她說，彷彿從悲哀中走出來了，語氣又回復了先前的愉快，「我到了澳門後，除了爸爸去看我之外，我真的只回來過一次，第二天馬上又回澳門去了。最近，他寫信給我時，常訴說他生活過得很孤單、寂寞，偶然也提起當年關於母親的事，他表示深切的痛悔。母親十年忌辰將到

了，他希望我回來共度此日。我想，過去的都過去了，而且爸爸也真心地表示了他的懺悔，極力用愛來洗贖他的一切過錯，假如我不接受，就太不合情理，太傷他的心了。我思索了許久，終於回來，而且不打算離家了。」

「對了，你這樣做是對的，」健青說，「對待朋友的過錯，我們都應該寬恕他，何況父親呢！而且，他已盡了一切力量，用行動去補償了從前的過失，你是應該忘記過去的一切，諒解他的苦心。」

夜愈深，灣頭的燈光減少了許多，映在水裏的月色顯得更清朗了。今晚來划艇的人不多，剛才在我們四周遊來遊去的幾隻艇子，正慢慢的向灘頭划回去了。我們的艇子也掉過頭來，朝著沙灘慢慢的划回去。

第二天早上，我和健青沿著村道走向電車站去的時候，他突然問我：

「康寧，你覺得碧霞這個人怎麼樣？」

我愕然的呆著，不知道他的用意。

「她嗎？是一個很文靜的女子，她的鋼琴奏得很迷人，跟這樣的人在一起，一定很幸福，很愉快的！」

「是的，我也覺得她很可愛！」他笑著說。

四

我和健青同住在這小山村以來，除非是特別事情，我都比他起得早。近日以來，我依舊在早晨七時多便醒過來，朝木瓜園望

去時，都看見健青學著小雞吱吱地叫，蹲在地上向雞群撒米，他的旁邊呢，碧霞穿著睡衣，腰間束一根帶子，站在一邊瞧著他笑著。

有一天，是星期六。晚上的天氣很悶熱。

我看完頭場電影回來，秦伯伯已睡著了，屋子裏黑沉沉的。我想起村後那條山溪，經過早上的一陣急雨後，也許奔騰得更有勁了。

我沿著簡陋的村巷，橫穿過了村子，到了山邊的小溪旁。今夜，溪水果然很湍急，一片浩蕩奔騰的噪聲，在寧靜的山谷裏轟鳴。

我沿著這條村道逆著溪流向上慢慢走著。溪畔有高高的白楊樹，枝葉靜靜的垂著，顯得那麼安寧。前面兩個人影，忽然吸引了我的視線。那女孩子穿著長衫，男子的夏恤反映著昏黃的燈光。他們背著白楊樹向著小溪站著，男子親暱地環抱著她的肩膊，並不為我輕微的步履聲所驚動。這時，迎面吹起了微風。楊樹的葉子輕輕擺動起來，在寧謐的夜空裏發著幽幽的微響，也把那兩個人的低語聲送到我的耳朵裏，頓時使我一怔；不是健青和碧霞嗎？

我頹然的從旁邊一條小路踅回去。

這無意中發現的秘密，使我徹夜不能入睡。

健青已有妻子和兒女了，他已沒有獨佔一個少女的心的權利了；而這個權利，我卻有充份的理由享受。他這樣作，將怎樣向他的妻子和兒女交代？

第二天起，我跟他們見面時，談話便更少了；我們的關係變

得尷尬極了，維繫多時的真摯友誼，已到了瓦解邊緣。

在一個悶熱的晚上。四周靜得很，連小蟲也不叫，彷彿一切都在作著迷人的好夢。

遠處的夜空不時有閃電，隱隱的雷聲在山後遙遠的地方滾來滾去。夏夜的大雨，一定很快要到來了。

我下班回來時，廳子裏的燈亮著，我想，健青和碧霞也許是怕雷雨將到而不出街，正在燈下聽琴吧。但我回到門口，鋼琴的蓋子是掀起的，卻看不見他們。

我洗過澡，從浴室裏出來時，才見碧霞從外面進來。她穿著白底黃花的長衫，頭髮有點兒亂。她進來時低著頭，咬著手帕，像在沉思著甚麼。

「秦小姐，」我輕輕地喚了一聲，她才覺得有點意外的抬起頭來，看著我，露出心神不屬的微笑，一時說不出話。

「散步回來嗎？」我又說。

「是呀，今晚悶熱得太難受了。」她說，背著琴，在琴櫈上坐下來，面向著我。

「快要下雨了，你不叫健青回來？」我說，挨著門框站著。

「我不知道他在哪裏。」

「你不是和他一起出去的麼？」

「不，」她說，垂下眼睛凝視著地板。「他今天還沒回來過。」

「噢？」

外面，風刮起來了，捲起砂石又撒下的沙沙聲，預告著暴雨快要到來了。沉悶的屋子，剎那便灌滿了涼風。接著，暴雨來了，

水塵隨風捲到屋裏來。我趕忙回到房子裏去關窗子。看著腕錶，已九時多了，健青怎麼還不回來呢？這樣大的雨，他能回來嗎？

琴，彈奏起來了。那緩慢的《夜曲》的旋律初時顯得很困倦，後來卻激昂地高揚起來；彷彿是彈奏的人突然心情煩躁起來，很急激，也很沉重。

我在書桌前坐下來，彎著腰，支著下巴，心裏在極力思索著，想知道碧霞此刻的心情怎麼樣。

琴聲愈來愈低，愈來愈輕——停止了。

「章先生！」

我愕然的抬起頭來。她有點兒神色緊張的站在門邊，直瞧著我；我還是第一次碰上她這對我充滿著信任，然而卻又由於內心的不安而弄得有點焦慮的目光，有點不知所措。

「秦小姐，請坐，還沒休息麼？」

說著，我坐到健青的牀上，把椅子讓出來請她坐。

「章先生……」

「有甚麼事嗎？秦小姐。」

他低下頭去，沉默了一會兒。

「我有點小事，想向你請教，……章先生願意給我點幫忙？」

「甚麼事？」我很覺得疑惑，站起來說，「我們可以討論一下，只要能夠，我一定盡力幫忙的。」

她又遲疑地低下頭去，彷彿蘊藏在她心裏的，是很難於用語言表達出來的問題。片刻，她突然走近一步，悄聲地問道：

「章先生，你……你知道溫先生為甚麼跟太太離了婚嗎？」

　　我震驚了一下，楞著了。

　　「啊，這個問題，我，我不大清楚！」我吶吶地說，並反問了她一句：「你怎麼知道的？」

　　她在椅子上坐了下來。

　　「你是他的朋友，你一定會知道的。」她說，「他對我說的。」

　　「啊！」我幾乎被嚇得跳起來。「他從沒有對我說過呀！你怎麼會跟他談及他的太太？」

　　「前幾天晚上，我跟他到外面散步去，」她說，望著被雨打得沙沙響的窗子。「他說，他喜歡我，也希望我多了解他。……」

　　「那你怎麼說？」我著急地打斷了她的話，焦灼地問道。

　　「我們認識還不久，我覺得這個人很熱情；跟他在一起，他能叫人感到愉快。所以我也高興接觸他，但他所想到的那個問題，我卻從沒有想過，」她頓了一頓，沉思地沉默了半晌，才續說道：「因為我覺得不該這麼快想那個問題，它來得太早了。」

　　「那你怎麼對他說？」

　　「我坦白地告訴他：我有生以來，第一次遇見像他這樣熱情、豪爽、關心我的朋友，我也希望這段友誼能好好的發展；但我尚未考慮到愛情這問題。第二天，我看到他有一封從澳門寄來的信，那秀麗的筆跡，我認出來是女人寫的。他曾說過，他沒有妹妹。我抑捺不住好奇心，便把信拿到燈下照著燈光看了一會兒，我看出來那好像是他的妻子寫來的。當天晚上，我跟他到村後山溪旁去散步，便向他提出這個問題。他初時回答得很含糊，後來才說他們過去是憑一時的熱情衝動，而盲目地結合的；由於缺乏

真摯的愛情作為基礎，所以終於分居了。」

「哦，是這樣？我沒聽他說過，這也許是最近才分居的吧。」我訝異地說，心裏充滿了懷疑和懊惱。

她楞楞地瞧了我一會，那眼光好像不相信我的話。

我忽然記得去年中秋節，跟健青回澳門過節，在他家裏吃晚飯時見到的情景：瑞嫻不時深情地盯著他，誰能說她會跟丈夫鬧分居呢？

窗外，一道強烈的閃電突然把木瓜園照耀得通明。碧霞猛然把眼睛轉向窗子，然而閃電早已過去了，木瓜園又隱沒在黑暗中了，而她卻還老是呆望著被雨點打得畢剝響的窗子，瞧得出神。

快將十一時了，健青還沒有回來，她是不是在想念起這個雨夜未歸人？

「秦小姐，」我說，她回過頭來看著我，「是不是說，假如他真的跟太太分居了，你就會接納他的愛情呢？」

「我還沒想過，」她深思地道，「我想，只要這個問題不使我的良心感到內疚不安，也許我會接受的。」

「那麼，你真的喜歡他了？」

我的心在厲害地抖動著，呼吸有些緊張得接不上氣來。沉默了好一會以後，她才沉思著一邊說：

「我還不能說我喜歡他，但實際上我對他是很好感的。」

雖然我早就想到她可能這樣回答我，但聽聽這話，我的心仍像突然被甚麼撞了一下那樣，感到一陣難言的隱痛。

自從這個晚上以後，我與健青的距離更遠了。差不多在一個星期中都談不上兩句話。每次見著他的時候，都覺得非常厭惡。

　　因此，有好幾天我都提早出門上班去，以免跟他淡漠地一起乘電車。而且，我還想換一個地方居住。

　　有一個星期天，本來約了幾個同事去野餐，但晚間聽天氣報告，說次日可能有暴風雨，不得不臨時取消了。這天，就只可呆在家裏了。早上，望望滿天灰雲，倍覺厭煩。只可走到村道上去散步。後來健青也跟上來了。於是默默地走著。我不期然地回想起了從前我們在這條道上留下過的歡笑聲；我們是多年的朋友，但是愈來愈生疏，愈發隔膜的感情，使那友善的笑語不會再在這個時刻的村道上響起來了。

　　「你太太有信來嗎？」我問。

　　「沒有。」

　　「她大概不怎麼值得你懷念了。」

　　「你這話是甚麼意思？」

　　「不是嗎？」我說，簡直有點義憤填胸。「看來你跟碧霞很合得來；你太太似乎已成了你的絆腳石了。」

　　他沉默著。

　　「我想你該約束一下自己才對，」我說；「我覺得你已開始傷害著她，而且也逐漸使自己變成太太和兒子的罪人了。」

　　「你這話是怎麼說的？」

　　「俗話有道：『旁觀者清，當局者迷』，」我傲然的說，「為你的太太，為你的兒女，你該好好思想一下我的話才好。」

　　他猛然的回過頭來，瞧著我，那圓睜的怒目閃著準備跟誰撕鬥似的光芒。我卻毫不以為意，從容自若地走。

　　看來，太陽是不會出來了。天上的雲層在加厚，而且已從灰

色變為墨色了，也許就要刮風下雨了。

「噢，」他冷笑了一下。「難道你認為，我沒有權利再結交女朋友了？」

他雖不像在發怒，但那微微顫抖的語氣，卻顯示著他也在盡力抑壓著感情，免得在我還沒有正式發怒之前，先把多年來的友情傷害了。

「誰能說你沒有這個權利？」我說，竭力叫自己冷靜些，「不過，你已經結了婚，你當然不能像對待愛人那樣與對方相處了。相反的，我和你之間，只有我才更有那樣的權利。」

「喔，」他驚叫一聲，像給誰捏了一把那樣。「原來你是在嫉妒我跟碧霞相好呢！」

「我為甚麼嫉妒你？」我說，快要捺不住了，「我們現在還是朋友，不是仇人，我只不過站在老朋友的立場提醒你。」

「你跟我開玩笑嗎，我用得著你的勸告？」他漲紅著臉，「其實，你是因為長期以來都得不到愛情，才對別人與女朋友好，產生嫉妒！」

他竟說得出這樣的話來，我委實吃驚不小。我幾乎失卻控制而撲過去把他痛打一頓。

雨點終於落下，而且愈下愈密了，風也刮了起來，空曠的電車路捲起了灰塵，與細小的雨點混成一片灰濛濛。

「好，那你等著瞧吧！」我氣忿地說。掉頭便往回跑。

這次口角，把我們的友情破壞無遺了。從而增加了我要離開這小山村的決心。

我沒有馬上回家去。冒著雨點橫過了馬路，走到了電車站

上。呆了一會兒，然後茫無目的地跳上一輛西行的電車。我的腦子裏隨著叮叮噹噹、轟轟隆隆的電車疾駛聲，湧滿報復的念頭，弄得我也昏亂起來了。

「叫他太太來跟他算賬吧！」

我覺得只有用這辦法，才能抵償他給我的傷害，才能洩消我心頭的怒氣。

我到了表叔家裏，向他請了三四天假。決定到澳門去看看母親和妹妹，同時好把健青的轉變情形告訴瑞嫻，叫她早日為自己的幸福打算。然後，回來時馬上便搬到外面去。

五

在開往澳門的船上。艙裏悶熱得很。我在牀上躺下來，才感到原來那麼困倦阿！整天的思想矛盾，消耗了我太多的精力。我跑到船舷上，靠著欄杆站下來。

海風愈吹愈勁。船在搖擺著。碧霞會不會想到我此刻在海裏顛簸著呢？她會像那個暴風雨的深夜裏，盼望健青回來似的盼望我嗎？

我心裏突然感到一陣失落的空虛。

天空幽深得很，稀淡的星光映出朦朧的山影。除了浪濤的囂聲外，一切都寂靜得很單調。

雖然差不多過去一天了，健青那刻薄的話，像扎進我心坎深處的一根鋒芒銳利的刺，只要我的心一刻在跳動，就一刻感到隱痛。

船靠在澳門碼頭的時候，已是清早四點鐘。艙裏的許多旅客尚在夢中。澳門也還在酣睡中。碼頭上，疏落的路燈照得半明不暗的。

我是第一個登岸的旅人。

雖是徹夜未眠，但這清涼的夏日清晨，卻叫我的精神顯得很有活力，毫不感到睏倦。我緩慢的在海旁躑躅著。靜悄悄的街上，除了我之外，幾乎找不到半個人影。我橫越過海旁馬路，走到新馬路上；馬路兩旁還是黑黝黝的，只有街心為燭光似的街燈照得微亮。我遲緩的步履，踏過了健青的家門前；這時候，瑞嫻跟孩子也許正在夢中。她會想到愛情已經開始褪色了嗎？她會夢見她這小家庭已罩上了陰影嗎？

過早的敲門聲，不只會驚破我媽媽的夢，也會驚醒了鄰人。所以經過我的家時，我在樓梯口猶疑了半响，終於繼續向前走去。

來到了多樹的南灣，我漫不經意的走遍了那寧靜的海堤，在一張櫈子上，背著一棵白楊樹面海坐下來。海水呢喃地在擦著海堤，打我腳下流過去。

淡淡的雲彩，靜靜地抹在鉛灰色的遠天上。星光漸漸淡下去了，漸漸變成了小白點子。花園裏，已開始有鴿子在盤旋。

學生們已開始上學了。三輪車載著從香港來到的旅客，叮叮地踏過去。

這該是我回家去的時候了。

我把旅行袋往肩上一掛，遊目四顧地踏著灰色的曙色，朝新馬路慢慢走去。遠處高高地指著天空的教堂尖塔，已被第一道霞

光塗上淺黃色。這樣寧靜的早晨，常叫我感到親切和快樂。可是今天，這離別一年的曙光，卻無法穿透我胸膛裏的雲翳，使我的心情像往日那樣豁朗。我又重新沉在複雜的凝思裏，夢幻似的走著。

「康寧，是你嗎？」

突然，一個女人的聲音喚住了我的腳步。我愕然的抬頭來看看，她就是瑞嫻。在晨光裏，她的臉色蒼白，像睡眠不足那樣，眼睛有點兒浮腫，容顏有些憔悴。她穿著白綢裙子，手裏挽著一個藍色的長方形提包。

「啊，瑞嫻，是你。早晨！這麼早往哪兒去？」

「返學嘛！」她說。「你剛從香港回來嗎？」

我點點頭。接著疑惑地問：

「返學？」我馬上又想起來了，她原來是教師呀！「啊，是的！好，我們回頭再見吧！」

她如問及健青的事，我該怎麼對她說：我還沒有想好。她沒有多說甚麼話。只是點點頭，微笑了一下。

六

我沒有待瑞嫻到我家裏來。吃過晚飯，我便上她家裏去。她還住在那老地方。家裏的布置跟新婚時沒有甚麼不同；客廳裏掛著的她和健青的新婚的照片上，她那披著白紗的笑容仍是一樣甜蜜。

「近來，健青常有信回家的吧？」我問。

　　我本來想探詢一下她跟健青分居的事是否真實，但總覺得太冒失。

　　她低下頭，沉默了一會，微帶點委屈地說：

　　「許久都沒有來過信了，好像忘記了我。」

　　「他很忙。」

　　「他也許真是很忙的，哪一個有正當職業的人不忙呢？」她抱怨起來，下面的半句，幾乎帶著嘆息的口氣說：「假如他心裏還有我的影子，難道會給我寫一封信的時間都擠不出來嗎？」

　　她低著頭，睫毛下有淚光在閃動。我很被感動，很為她的不幸遭遇感到不平。看來，她現在對健青，還是像新婚時一樣情深的；他待她的冷淡態度，叫她的精神受盡了折磨，她卻只是怨懟地怪他，而沒有責備他。

　　「聽說他最近有了一位女朋友，你認識那女孩子是個甚麼樣的人嗎？」

　　我完全沒有想到她會這樣問，使我愕然，一時不知道怎麼回答她。

　　「這個，這個，」我說，因為一時慌亂與緊張，使我口吃起來，「你聽誰說的？你會相信可能發生這些事情？」

　　「怎麼會不信？那是一位同事從香港回來說的，」她說，不時地用手帕揉著眼睛，「她上月底曾到香港去過，她看見他們走在一道的。」

　　「不會是真的吧，她敢保證沒認錯了人嗎？」

　　「不會認錯人的，因為她跟他原是很熟悉的嘛！」她說。

　　為朋友的道義感，又在我胸膛裏激動起來。看看那早睡了

的孩子在夢中純真的小臉，看著這得不到丈夫的愛情的妻子臉上憂鬱的神情，想起了遠方那純潔的少女，將在發覺自己無意中被人理解為這孩子和妻子的罪人時，頓然覺著良心蒙受了無辜的創傷，我決定把我所知道的一切，都詳盡地告訴瑞嫻。在我的想像中，瑞嫻聽了一定肝腸俱斷，悲憤萬分的。但是，她聽了以後，首先楞了好一會，然後就像一切都早在意料中，沒有甚麼好奇怪似的，冷漠地說道：

「我不能怪他，事實上一個沒有愛情的家庭，勉強組合下去是難於幸福的。只怨我當初頭腦不清醒好了！倒不如趁著我們都還年青的時候，早日各自走自己的道路吧！」

她說得很泰然自若，但深沉的憂鬱臉色，卻顯示著她在努力抑制著內心的痛苦。這話叫我很吃驚。

「現在悲劇還沒有形成，要挽救還來得及，你應積極地想辦法！」

「他不把我放在心裏！」她輕輕地搖著頭茫然地說。

「你應該嘗試一下，真的無法挽救時才好這麼想的。」

「我已考慮得很清楚了。你所講的一切，不是清楚地表明了非這麼辦不可了嗎？」她說，彷彿早已下了這樣的決心。「只是我們還沒有把問題交代清楚。我要跟他當面決斷我們的關係！」

事情顯然是非這麼辦不可了，我還有甚麼可說？於是我便告辭了。她把我送到門外，我正要下樓去的時候，她忽然問道：

「你甚麼時候回到香港去？」

「明天，」我回過頭去說，「你有甚麼話，要我轉告健青嗎？」

「跟你一道去好麼？」她挨著門框說。

我思索一下。這差不多可以說就是我此行的主要目的。

七

我們回到香港的時候，街道上雖滿亮著霓虹燈了，然而悠長夏日的夕陽餘影，卻還可在大廈的上空看到。

我陪著瑞嫻母子倆，搭上往西摩道的巴士。從斜行的車窗外，遙望著橫臥在九龍半島上的獅子山，在向晚的迷漫煙靄裏，還有淡淡的霞光在閃爍。

她抱著孩子，側著頭遙望著遠方；異地環境的黃昏，引不起她絲毫感動，相反的由於暮色的塗染，她臉上的憂鬱顯得更凝重了。

她的姑母住在半山上的羅便臣道。我把她送到那裏，便獨自回到這小山村裏來了。

在木瓜園的過道口，便聽到像暴風驟雨似的琴聲，有時那麼急激，突然又那麼深沉，它使我想起一顆純潔的心靈，在愛情的風暴中掙扎、戰慄。我不禁愕然的停下腳步，在昏暗的燈影裏挨著過道口上的矮木椿，望著透出昏黃燈光的窗子凝想。我離開這屋子才三天，難道這麼短的時間中，他們之間有了甚麼變化嗎？

我慢慢的走前去，一邊猜想著彈琴的人對這旋律的感受。我在土場上站下來。待琴聲停了，才信步走進屋裏去。

「秦小姐！」我輕輕地喚她一聲。

她恍似用氣力過度，兩手支在琴檯上，低著頭，似在深思，

也像在喘息。聽到我的聲音，她才詫異地回過頭來；在這一剎那，她的臉色蒼白得很。

「啊！章先生，」她站起來，露著笑意，「這兩天到哪兒去了？你突然失了蹤，好不叫人猜疑呀！」

「到澳門去了。」我說，把手提包放在桌子上。

「有手信帶回來吧？」

「有的；這是你不會歡迎的客人！」我幾乎脫口而出，幸而及時把這句話從嘴唇邊吞回去。連忙窘急地改口說：「沒有，我全沒有想到這點。」

當我們沉默下來的時候，屋子顯得很靜穆，只是偶然從園子裏傳進來幾聲夏夜的小蟲單調的鳴聲。好一會，我才發覺只有我們兩人默然的相對著，健青始終沒露過臉。

「健青？他還沒回來嗎？」我問。

「他有好幾天不曾回來了，」她說，把視線投到門外深遠的星空去，彷彿她思念著的人就在那邊的星空下，「他從昨天起，被派到新界去工作，至少五天後才回來。」

「啊！」我驚訝地叫起來。

瑞嫻要空跑一趟了，我想。她身為教導主任，請假太久是不好的。

「你有甚麼事要急於找他麼？」她問，愕然的瞧著我。

「不，不，沒有甚麼事。」

西房裏，傳出來秦伯伯睡醒一覺的轉身聲；他輕輕乾咳了兩下，接著是牀板發出的咯吱聲。

為著避免把秦伯伯吵醒，我們不約而同的走到園裏去，把椅

子挪到木瓜樹下坐下來。下弦月淡白的光影，從疏疏的葉子間漏到地上來。風停了；葉子動也不動。

「你和健青好像為著甚麼問題，鬧了意見，是麼？」她說。

「沒有呀，你怎麼會這樣想？」

她那樣問我，的確使我覺得很奇怪。

「就是你去澳門的那天，」她擰著眉，回憶地說，「那天早上你們不是一道出去的麼？健青回來時，從那臉色，我看出他很懊惱，我猜想你們一定鬧了意見。」

「他告訴你？」

「不，他甚麼也沒有跟我說。」她頓了一下，好像考慮一下是否要說出下面的話來：「不過，我覺得你們近來很隔膜，從前你們也是不大聊天的麼？」

「是的，我們近來淡漠了一些。」我思索一下，覺得問題遲早都要揭露出來了，現在跟她說明白，聽聽她的意見，以避免瑞嫻明天到這裏來，會引致衝突，彼此都不快。所以我終於說：

「可能就是為了你與他的問題。」

「嗯，真的？啊，那就太不幸了！」她說，內心的惶惑不安，在這帶驚疑和歉意的語氣裏流露出來。

「這其實都是我不好。」我說，這真是由衷的話，因為這問題發生以來，我一直都在內疚與矛盾中過日子，「我只是覺得他已經有了兒女了，在與異性朋友相處時，應該控制一下自己的感情；不料，這問題卻引致他的反感了。」

「是的，」她站起來，不知所措地絞著手，「自從那晚以後，我實在非常矛盾。章先生，我第一次碰見這麼關懷我的人；要是

有人第一次向你表示愛情時，你能不感動嗎？後來我看到那筆跡纖幼的信，猜想他已有了妻子的時候，我就預感到自己的不幸：在接受了他的愛情的同時，也奪去了他的妻子和兒女的幸福了。那時，那時我的心是多麼亂呀！後來，他說他們已分居了，我才噓一口氣，暫時安心下來。但是，我哪裏會想到我這樣做，會引起你們發生意見呢？」

「但是，他還沒有分居呀！」

「啊，真的麼？」她驚叫一聲，頹然的坐下去，彎著腰，把臉埋在手掌裏。「那，那就太可怕了！」

「他為甚麼不早說呀！」她戰慄地說，「不然，會發生這麼可怕的事嗎？」

「這實在是不好的，一個人太自私的時候，往往會使兩方面都蒙受不幸和痛苦，」我說，「但是這麼可怕的事，終於在我們之間發生了，這時候，我覺得誰也不該怪責誰，最要緊的還是怎麼使問題好好的解決。」

「我該怎麼辦呀？難道我能放棄第一次愛上的人嗎？」

「要是你不肯讓步，他的太太和兒女也不放棄他；她們當然沒有理由讓他走，那該怎麼辦？」

「既然她得不到他的愛，何必又要拖住他的腿，結果使我們三人都痛苦。一個人，能夠自己把痛苦背負起來，讓兩個人得到幸福，那不是很好嗎？」

「這當然是好的，但是誰願意把痛苦背起來呢？」

「假如我處在她這樣的地位，我會毫不猶疑地這麼做的。」

「難道你現在就不能這麼幹嗎？」

「假如他需要我更甚於她，而我卻離開了他，結果，我們不是誰都痛苦，誰都得不到幸福嗎？」

她的語氣和臉色，都從猶疑而漸漸變得固執了。

「你現在說這些話，我一些也不奇怪；你不是這麼痛苦和激動，你一定不會這樣說的。」我無可奈何地說。

「為甚麼？」

「當我們過於激動的時候，往往為自己著想多於為別人，」我說，實在難於再對她提意見；而且內心多少也感到有些拘束，因為這不是我該干預的事情。「只有冷靜下來時，我們的眼光才能看得遠，看得全面，既看見自己，也看見別人；才能為別人設想，有時還能捐棄自己的利益去成全別人。我想，假如你冷靜下來了，要處理這個問題，不會叫你覺得有甚麼為難。」

「謝謝你，章先生，為我們的小事，你也夠操心了，但願我能這麼做。」

「我們應該休息了，」我說，站起來，拿起了椅子，準備回屋子裏去。「明天，我以為健青的太太可以見到他了。但是……我必須去通知她，免得她白跑一趟。」

「噢？」她訝異地說，有些意料不到似的，「溫太太到香港來了？」

「是的，而且她準備明天到這裏來。」

「啊！她帶孩子來了嗎？」

「是的，希望你們能好好的相互諒解，做個好朋友吧！」我說。接著，走進屋裏去，反身把門關上了。

八

　　昨夜我睡得不很好，腦子一直都是很昏亂。我想：兩個「情敵」相遇，一定會鬧得不很愉快的。我決定早些起來，早些去告訴瑞嫻：健青不在家，希望她不要來，以免爭吵聲驚動這寧靜的山村。但是，我太疲倦了，差不多在天亮時才入睡；常常喚我早起的第一次雞鳴聲過去許久了，而我仍酣睡未醒。最後，當秦伯伯餵雞，在園子裏吆喝黃狗，弄得滿園子都是雞群的喀喀聲時，我才醒過來。這時，朝陽已高高藏在雲後了，稀淡的陽光正瀉滿在我的牀上。我匆忙地爬下牀來，草草地盥洗過後，便找瑞嫻去。

　　當我下了村道，正要往電車站跑去的時候，一輛營業汽車從我身邊擦過去，從車廂裏傳出的呼聲，把我急遽的腳步遏止了：

　　「康寧！康寧！」

　　我回頭跑近汽車，拉開了車門，把瑞嫻接出來。

　　「我正想找你。」我說。

　　「也好，我們在這裏碰見了。」她牽著孩子的手。

　　「健青不在家嗎？」

　　「是的，他到新界去了。據說那邊築公路。他要過幾天才回來。你要到家裏去坐一會兒嗎？」

　　我們就在馬路旁邊站住。是否到上面去，需要經過一些考慮才行。

　　「既然來到了，去看看你們的家也是好的。」她說，態度十分安詳，心情非常寧靜。

　　「家裏有甚麼人在嗎？」

「屋主出去了，此刻只有秦小姐在家裏，你要見見她嗎？」

「也好的，」她猶疑一下，點點頭，於是我們便沿著村道慢慢走回家去。「你給我作個介紹吧，跟她談談也好的。」

我們沉默了下來，步履聲單調地沙沙地響著。我沉思著，想著該怎麼替她們介紹，同時又擔心著她們按捺不住而衝突起來。她也沉默著，蹣跚地走著，悠閒地望望山頂上灰白的雲天，有時又向後望望那翻著細浪，不寧靜的海。

我們走到木瓜園附近的時候，雜亂的步履聲，引得黃狗一連串的吠聲。我把狗吆喝的時候，碧霞從門裏探出頭來；看見是我們，她楞了一下，半晌馬上走出來，笑著。

「這是秦小姐。」我向瑞嫻介紹道。

「秦小姐！」她點點頭，態度非常友善，然後又低下頭望著孩子，指引著他望向碧霞說：「叫姑姑啦！」

「姑──」孩子天真地說，輕輕地拍打兩下手掌。

「啊，乖，姑姑給你木瓜吃，好不好！」碧霞說，彎下腰去，撫弄一下他那緋紅的小臉。

「好！」他尖著喉嚨道。

我們笑了起來。

我們走進屋裏，笑聲連續地使這寂寞的小屋子活躍起來，我多麼希望這和諧友善的氣氛，永遠保持下去，讓我們的心在這爽朗的笑聲中取得諒解啊！

這是瞬間的和諧，很快被嚴肅而緊張的問題掃清了。我們的談話漸漸的轉入了正題，淡淡的悲哀慢慢的在她們的臉上顯現；她們都在鼓勵著自己提起勇氣來正視這逃避不了的現實。

「秦小姐，健青不在這裏，但我們的問題是必須解決的，」瑞嫻說，她背著門外的矮樹叢，坐在靠背的藤椅上。「我們現在談談也好。」

碧霞臉色蒼白，不敢望瑞嫻，目光怯怯的望著窗櫺上朝陽的淡影，沉默著。

「用不著難過，秦小姐，問題是要解決的，因此在一定程度上，我們要忍受痛苦，」她頓了一下，非常冷靜，並且不停關切地瞧著霞。「問題解決了，我們也就不會痛苦了。在你的想像中，會以為我是來吵嘴嗎？現在，我們都同樣是這個悲劇中的主角之一，不管如何爭吵絕不會把問題解決的。」

「是的，我們最好真正能平心靜氣地談談，」碧霞說，「但我們能這樣嗎？」

「你放心吧，只要你能忍耐一下，我一定能這麼做的。」瑞嫻說，「我們彼此誰也沒對不起誰，是健青對不起我們；是他自己錯了，是他不負責任的行為，引導我們站在敵對的地位，難道真非吵一場不成嗎？」

說著，她的聲音漸漸因激動而顫抖起來，眼眶裏也顫動著淚光。接著她又說：

「秦小姐，我會遷就你的。我的心當然是痛苦的；我得不著丈夫的愛，孩子得不著父愛，我能不痛苦嗎？但我同樣想到你也痛苦，你錯愛上了他，現在如失去了他，難道你不痛苦麼？」

碧霞輕輕地咬了兩下嘴唇，微微的點點頭，許久都不眨動一下的眼睛裏，也充滿了愛恨交进的淚水。

「不過，我是不能勉強的，」瑞嫻繼續說：「我們本不相

識，我們之間不了解，可能不容易取得諒解。我們都做著相同的工作，因此請你相信我的話是非常誠懇的；我想幫助你了解我，我希望能使你安心，使你在將來與健青相處的日子中，不會感到內疚，請你先讓我講一講我自己的故事，這故事會消釋你目前內心的矛盾的。」

「謝謝你！」碧霞幾乎喘息地說，「我聽著！」

「我們結婚後，我才發覺，他常懷念著一個人，因為我無意中看到他夾在日記本中的一幀照片，那女孩子的輪廓有點像你，不過眼睛比你的大一點，顯然是個熱情的人。」瑞嫻說，開始了她的故事。這時，她的臉是那麼憂悒和嚴肅，完全像講悲哀故事的人。「這以後，他在許多方面都敷衍我。我忍不住，我質問他，他終於承認了，他忘不了那個人，他當時要跟我結婚，主要是填補他當時精神的空虛。唉，我當時是少女，哪能知道原來如此？」她深思起來，柔軟的眉輕輕的蹙起來，「但我們那時結婚一年多了，孩子也出世了。我知道缺乏了愛，我們很難有持久的幸福。但我從沒有怪他，我抱著一個熱望，竭力想培養我們的愛情，同時盡可能使自己比他從前的愛人更愛他。但是，他根本沒有愛我啊！而且不久他便到香港來工作了。」

她停了一下，眼睛充滿回憶往事的悲哀表情。當她正要說下去的時候，碧霞突然從琴橙上站起來，感動地說：

「你們會相愛的。不過環境使你們分開了，使你們沒有機會培養它，要是你們一直相處到現在，你們必然能相愛的。」

「那到底是過去的事了。」瑞嫻也感動地瞧著碧霞，「現在，我已失去了信心，不想再提起來了。現在，我只希望叫你愛他不

致於心疼，我才告訴你。我和他都還年青，既然及早發覺不宜於
貌合神離地生活下去，不如及早分手，趁大家還年青，把握機會
重新創造幸福吧！我知道，他心中可能久已存了這願望，但是我
們在牧師跟前宣誓時簽下的廢紙，束縛著他的良心，才不敢向我
提出來。但我現在把它帶來了，」她說，從手提包裏取出摺起來
的結婚證書。「我這為的是要幫助他解決內心的痛苦，但我想也
許來不及當面交給他了，你請看著吧——」

「嘶」的一聲，那愛情的文憑便在瑞嫻的手中變成碎塊了。

「啊，」碧霞驚叫起來，搶上前去要拿過來；但瑞嫻繼續撕
了幾下，碎片從她無力的手裏紛紛撒到地上。「溫太太，你太衝
動了，我求你冷靜些吧！」

「謝謝你，秦小姐，我一直都很冷靜的！」瑞嫻的神態有些
麻木了，但仍很從容，而且也很理智的往下說：「這——留著有
甚麼用？真正的愛情和幸福，是不須藉文憑作保證的呀！」

「你說的也許有道理，溫太太，請聽我說吧，」碧霞說，在
瑞嫻跟前蹲下來，兩手握著瑞嫻的手腕，抬著頭誠懇地瞧著她，
「我昨天晚上考慮了一整夜，剛才我又考慮了許久，我求你原諒
我，也請你恕宥健青；你們重新好好地生活下去吧，我想起母親
的遭遇，便聯想到你們的幸福，以及我的責任心。」

「你不必難過，」瑞嫻說，友善地凝望著她；她知道碧霞母
親的不幸，那是我在船上告訴她的，因此她說：「你放心，我會
好好的生活下去，而且也有信心生活得好好的。我的時代跟你媽
媽的不一樣，我們的生活道路那麼寬廣，那麼光明也那麼長；多
年來，我雖為這不幸的婚姻而痛苦，但我從教育下一代的工作上

得到了莫大的安慰！」

「不，不，請你不要說這樣的話吧，」碧霞說，懇求著，「我要勸健青好好的愛你，我將告訴他，沒有一個人比得上你這樣可愛，這樣一往情深地、真摯地愛他。」

「秦小姐，你畢竟太年青，你不知道，這樣的事情，不像你想像的那麼簡單，那麼容易解決的呀！」

「不，不能這麼說，」碧霞著急地說，站了起來，顯示著頑強的信心。「我真的太單純啦，當時我因為太衝動，才默許了對他的愛情；現在我想清楚了，當時我真不該那樣輕率的呀！」

陽光豔麗地從窗子裏射到地上來，滿室裏，都顯得很明朗。園子裏，雄雞撲了幾下翅膀，喔喔地叫了起來。時間已從早晨跨到中午了，而且，有些屋頂上，已飄浮著淡藍的炊煙了。

瑞嫻說她姑媽在等著她回去同吃午飯，我們怎樣也留她不住，只好把她送走了。

一會兒，當我和碧霞坐在園子裏木瓜樹下的時候，秦伯伯買菜回來了。他笑著向我們招呼，這寧靜的小屋裏，一連串的變化，他老人家還不知道呢！

「章先生，謝謝你的幫忙，」碧霞說，「我知道了，我不該那樣做。我已跟長洲一間學校接洽好，準備下月到那裏去任教職了。但是，我的心還很亂，我想早點到那裏休息一下，然後開始工作。」

「那也好的，」我沉思一下，抬起頭來瞧著她，「你哪一天去呢？」

「明天。希望在健青回來之前就走，但請你暫時不要告訴他

我到哪兒去了；這樣可能叫他難過，但他冷靜一個時期之後，我想他終於會像我一樣，一切都明白過來。」

第二天早上，她果然起行了。

「章先生，這封信，請代交給溫先生吧！」臨行前，她交給我一封厚厚的信，感慨地說。

「你真要走的這麼快嗎？」我問。

「是的，希望能趕上九時那班船。」

我本想送她到碼頭去，但走到電車路上的時候，她說這不是遠行，用不著相送了。我目送她上了的士，便回家去了。

這天黃昏，我踏著落日的金光在村道上走著的時候，這條平淡無奇的土路，引起我很大的感想。我曾在這兒和健青並肩地走過，後來曾孤獨地走過，現在又孤獨地走著了；這一切的變化，都在春天和夏天的短短季節裏。現在，這條寂寞地躺在山壁旁邊的土路，彷彿將把我的腳步引到遠方去，把我們舊日摯愛的友情找回來。

我慢慢的走著，懷著許久沒有過的輕鬆的心情，回憶著，走著。漸漸走到木瓜園旁邊了。屋子裏，靜悄悄，整個山村也靜悄悄；柔和的琴聲，聽不到了，一切的生活，將再回到往日那單調、靜穆的調子中了。

我的腳步聲遲緩而且很輕，幾乎像在軟綿綿的草地上走那麼無聲無息，不驚動任何人，連坐在園子裏的黃狗尖利的耳朵，也聽不出來。牠正在仰著頭，莫名其妙地瞧著在園子裏沉思著，來回地踱著步子的健青。

「健青！」

「呀，你回來啦！」他說，迎上前來。

「你也回來了！」我跟他熱烈地握了握手。

「你知道了吧？」看見他那樣抑悒，我以為他已知道了這幾天來巨大的變化。

「甚麼？」他充滿困惑神情，瞪大著眼睛，盯著我。

「碧霞有了新工作。」

「我知道。」他說，垂下頭，顯得有些兒心灰意冷。沉默好一會，然後抬起頭來問：「你知道她去哪兒嗎？」

「不知道，她沒有告訴我。」

「那麼，她有甚麼話說過麼？」

我沒作聲，在木瓜樹的陰影下，來回地踱了一會兒，然後走到屋裏去，把碧霞留下的信拿出來。

「一切都在裏面了，她臨走時才交給我。」

他焦急地撕著信封。在暮色中，可以辨出他的手指微微的抖動。他掏出兩張摺疊著的東西，他打開第一張，叫他楞了好半天，然後驚疑地道：

「啊！」接著，他趕忙挨著木瓜樹，垂下了頭，幾根散亂地垂到額上來的頭髮，增加了他沮喪的神情。手裏那張寬大的紙，無力地飄到地上。我連忙走前去，抬起來，也不禁叫我暗吃一驚。

原來那是瑞嫻昨天撕破了的結婚證書，現在，它經過一番匠心的黏貼，雖然滿是裂痕，可是卻又完整地出現在我面前。

「不要難過，健青，這實在是她的苦心。」我說，輕輕地、鼓勵地在他的肩膊上拍了兩下。「看了信再說吧。」

他勉強掙扎著抬起頭來，揩了揩眼睛，把信端到鼻子前，吃

力地在僅可看清楚的暮色中讀著。我靜靜地在園子裏徘徊著，等待著知道信上說些甚麼。一會兒以後，他把信讀過了；冒著汗，臉色蒼白，喟然的長嘆一聲。

「她說些甚麼？」我問。

這時，夜色濃得僅可看得清對方的輪廓了。

「她——說的對，」他說，從顫抖的語氣裏可感到他內心的混亂與痛苦，「她做的也對，但是，但是現在找不到她了，假如可能，我應該向她道歉！」

「她已經諒解了。」

「不，我真的傷了她的心！」說到這裏，他抬起頭來，慚愧地瞧著我，把手伸給我。「你也做得對，真不愧是我摯誠的朋友，只是我把你好意的勸告與關懷曲解了，委屈了你，真對不起！」

「嗯，怎能這樣說？現在，我們不是很好了麼？」

我走進屋子裏，把屋簷上和園子旁邊的路燈扭亮了。昏黃的燈光，把深沉的夜色照得半明。木瓜樹，垂著沉靜的枝葉，像有心傾聽一個在愛情道路上犯了過失的人的懺悔。

「我應該馬上去看看瑞嫻！」好一會兒，他才堅決地說。

說完，他大步地走出了木瓜園，昂然地、信心勃勃地走上了暗黑的村道，我送他到過道門口，瞧著電車路上明亮的燈光，祝福地對他說：

「健青，祝你成功！」

這夜晚，他沒有回來，跟可愛的妻子和兒子團聚了。

第二天，我又在雞鳴聲中醒來，睜開眼睛，像往常一樣，又看到黃狗滴著垂涎，守望著雞群的食料。秦伯伯的周圍，依舊是

咯咯地噪叫著的雞。

「早晨!」秦伯伯抬起頭來,看見我已醒來,便笑著跟我打招呼;那笑容是那樣憂鬱,使我想起他那蒼老的心,又將因為女兒的離家,再次在孤獨中過一段寂寞的日子。

「早晨,秦伯伯!」

還沒有到上班的時候,我在屋子的四周來回地蹓躂。樹上,蟬聲又冗長而單調地叫起來了。然而整個山村仍在寂靜中;曉霧停滯在木瓜樹梢,露水在葉子上沉睡未醒。一切都像往日一樣。當第一道陽光照進木瓜園來的時候,我才孤獨地走上村道,向電車站走去,把寂靜的山村遺落在腦後。

一九六〇年十一月完稿;一九七九年五月改寫於香港。

樓上人家

一

　　羅先生像許多飽嘗環境噪音煎熬的人一樣，以為解決的方法，唯有搬家。

　　以前他的住所，一屋兩伙；同居是一對生活簡樸的夫婦，彼此都是偶然有親友來訪才打牌，不然就是扭低聲浪的看看電視，誰也不會妨礙誰的安寧。不幸的是，對門遷來了新住客，是位龍虎武師，除行醫跌打外，並教授鼓鑼醒獅和拳擊。日夜人來人往，咚咚鏘鏘的吵至深夜不停，弄得上下左右一切住客敢怒不敢言。除了含氣搬遷外，簡直無法可想。

　　於是羅先生搬到這新環境來了。「上屋搬下屋，白蝕一籠穀！」新居比舊居每月平添兩百元負擔，但羅太太和女兒返學，都可免搭車，羅先生自己呢，三角錢電車就可回到公司，全家一起節省下的交通費，貼補租金，倒也不覺得有多大損失！

　　「環境好些，人生活得夠精神，工作效率好，就足以抵償所有貴租的損失！」

　　羅先生夫婦倆幾經考慮，有這麼充足的理由，才毅然的棄舊從新。

　　的確，新居應該很合乎理想了：是個四百尺左右的小型獨立洋樓。雖然一層樓有五六個單位，各戶人家日間常關上鐵閘打開

大門，但誰也無嘈吵聲音傳出。

　　比較遺憾的是，他們頭頂上的人家，似乎閒暇頗多，羅先生在房裏工作時，經常聽到上面傳下來打牌聲，把後窗關上，那啪啦聲就給推遠，顯得朦朧了，不久，他也可以習慣了而不至太受影響。

　　「如這一點點牌聲也不能容忍，那非住到荒山去不可了！」羅先生時常這樣寬慰自己。這個念頭的確可幫他把懊惱排除，可使精神專注於業餘工作上。

二

　　但是，有一晚，上面忽然沒了牌聲。反常的寧靜反而使他有些奇怪。他不時探頭望上去，上面沒有燈光。這有甚麼稀奇呢，他們除了打牌，總也會有其他消遣嘛！羅先生暗想。這晚上，他們如常地睡了。

　　忽然，羅先生從酣睡中給上面的爭吵聲吵醒，接著就是有人在地板上忙亂走動的聲響，間或有瓶子或甚麼的摔破的聲音。

　　「阿蓮！」羅先生推太太一把，「上面有人打架！」

　　羅太太在朦朧中醒來，屏息地聽著。

　　「你這沒心肝的，我在家裏推生捱死，你卻晚晚去音樂廳鬼混！……」是女人憤怒的聲音。

　　「嗯！又是播音小說中的情節！」羅先生感嘆地說。

　　「有甚麼辦法？」羅太望著天花板，清醒地答訕。「這是常見的社會問題！不過，我們總算親自聽到，以證明那些播音小說不全是憑空杜撰了！」

　　其實，樓上那對夫婦並不自今晚才吵嘴打架。在往日的夜深，也經常的吵，只不過羅先生他們經過一天疲勞，而且習慣於十一時前就入睡。那位先生於半夜回來時引發爭吵，正是羅先生全家睡得最酣的時刻，故不曾吵醒。今晚上，大概問題太嚴重，才在爭吵之外而至動武。

　　「哎喲！你該停手了吧！」是那男人的吼聲。

　　然而依然有棍子甚麼的打在皮肉上的聲音。

　　「看來，那女人必是個女金剛！」羅先生說。「跟播音小說有些出入呢！」

　　真的，上面的武鬥場面儘管愈來愈激烈，但除了聽那女人斥喝之聲外，沒有小說或廣播劇那樣必有哭啼聲。經過一番旗鼓相當的搏擊之後，兩人似乎拼盡氣力，繼而停了手。雖還在鬥著嘴，然而聲音逐漸低沉下去，那結局如何，羅先生夫婦不曉得了。因為不久他們也再睡著了。

　　這以後有幾個晚上頗寧靜，也沒有牌聲。

　　約一星期後，管理處的張先生來收管理費。羅先生趁機跟他閒聊幾句。

　　「上面住些甚麼人？」羅先生問。

　　「唉！一對怨家！」張先生說。這簡短的回答，使羅先生明白了一大半。

　　「他們前幾天晚上大打了一場！」

　　「哈！那算甚麼？家常便飯啦！」張先生一邊寫著收條，一邊說，「有一次趙太拿起菜刀，老趙要是走慢一步準會給砍去半邊胳膊！」

「他們為甚麼變成死對頭？」

「還不是為了女人！」張先生說，「不過，大概從此太平了。」

原來經過那晚上一場龍虎鬥後，趙太聲明不准老趙再回來，老趙是否還爭那應屬他一份的權益，張先生自然無法知道，但可以肯定的是：老趙辭了律師樓文員工作，轉行當海員，前天落船行走遠程的歐洲線，就是他要回來，起碼也是兩三年後的事了。

儘管羅先生已在此住了兩個多月，但未曾見過老趙夫婦是甚麼樣兒。他和太太想像中的趙太應該是「一婦當關，萬夫莫敵」那種熊背虎腰型的女金剛。

有個星期日，他和太太及女兒出了電梯，碰巧對面的電梯門也剛打開，出來幾個人中，趙太竟在其中。老張叫她一聲：「趙太！」

趙太點點頭，回應著，走進管理處去，似有甚麼事要辦。羅先生夫婦一看，有些愕然。趙太身材瘦削，但不算矮小，卻骨架勻稱，走路時步履剛健。

「原來是個指天椒呢！」羅先生走到大廈門外時，悄聲對羅太太說。「難怪她三幾下散手就使老趙招架不住了！」

從此以後，上面的牌局不那麼密了。大概有時候趙太也到別處去挑戰。代之的是兩個小孩追逐嬉笑聲，有時是把電視機扭得過響的歌唱或談話聲。不過，這些聲音總是在午夜之前止息。

在不經意中，上面的牌局由疏落而至完全消散。

三

「趙太轉了性，不再打牌了？」有一天吃完晚飯，發覺上面無聲無息，羅先生忽然有感觸地說。

羅太太走到廚房去貼近窗框，側著臉往上望，發覺屋裏燈火通明。顯然有人在家。就在這時頭頂傳來煎蛋聲，接著就聽到男孩喚女孩：

「阿英，收拾好桌子沒有，我要拿蛋出來啦！」

「收拾好啦！」阿英在內裏回答。

羅太回到客廳，坐在羅先生身旁，說：「趙太好像不在家。兩個孩子在弄晚飯。」

「嗯？」羅先生把視線從報紙上移到太太臉上。「那兩個孩子還很小吧，看來很有獨立能力呢！」

自從那天羅太太發覺他們自弄晚飯後，幾乎每當她開始煮飯或洗碗時，上面就傳來弄晚餐的聲音，有時煎蛋，有時從聞到的化學調味品中可想見他們是弄快熟麵，但從未有聽見過趙太的聲音。

「他們的媽媽是不是當夜班？」羅太太頗覺奇怪地對羅先生說。

「如果是，那也不出奇呀！」羅先生說，「她可能做賣貨員或收銀之類的吧？」

逐漸地，上面沒有了電視節目聲息，只餘下兩個孩子的玩樂聲。那種聲音一天比一天嘈吵，一天比一天狂野，也把時間愈延愈夜。羅先生給人家做的賬項告一段落，羅太太也把作業批改

完，躺到牀上去了，上面的嘈吵聲還不止息。

羅先生由於疲倦，矇矓地瞌上了眼皮。天花板漏下來砰然的聲響，使他的眼皮彈起。

「討厭死了！」他說。

「卜卜卜，噗噗噗……」似是棍子敲打木板的聲音，好像每一下都打在羅先生的腦門上。

「噹啷……」是鐵罐滾動的聲響。

羅先生霍然坐起來，恨恨地嘀咕著：「該死的小混蛋！」

羅太太也無法入睡，在透過百頁簾反射進來的微光中，她看到羅先生那暴怒、但又無可奈何的樣子，也頗覺難過。

「他們也該睡了！」她說，「難道他們第二天不用上學嗎？」

四

有一晚，已是夜後一點鐘了，上面還是跳來跳去的腳步聲，使羅先生忍無可忍；差不多半個月，每個晚上他們都給騷擾得無法依時睡覺，弄得次日不夠精神工作，他的脾氣也給折磨得煩燥起來。

「蓬蓬蓬……」那聲音持續地從天花板傳下來。

羅先生跳下牀，背著手，來回煩燥地踱著步。

「阿威，你不如上去勸一勸他們吧！」羅太說。

「對！我該去干涉他們一下，使他們知道人家要睡覺了！」

羅先生一邊答著，一邊跨出了客廳；跑到上面去了。按鐘，那女孩子歡叫著的聲音，從房間傳來：

「媽咪回來了！」

門開了，看見不是媽咪，而是一個穿睡衣瞪著怒目的男人，她剎那被嚇一跳，楞著，有點手足無措地扳著門，惶然地望著羅先生。

「喂！小妹妹，現在很夜啦！你們還不睡，吵甚麼？」羅先生氣沖沖地說，「不要再吵，下面的人要睡覺了！」

羅先生望望房裏，那男孩子戴著超人面具，拿著棍子，站在疊架起來的櫈子上，也有些呆著了。

「知道！」女孩子點點頭，把門關上。

第二天，羅太太放學回家時，轉乘停上面的電梯。特意地經過趙太門前，窺望一下。門關著，門上貼著各種超人、怪獸之類的小圖片。在樓梯轉角處，堆滿凌亂的什物，有些是校簿，她隨手撿起本支離的手冊；看看印著的校名，翻到裏頁，那個男孩子的照片還在，嘴唇給畫上紅藍鬍子，眼睛被架上三角形的怪誕眼鏡，而且是失真了。但憑那臉的長度和稍尖的下巴，俏皮的眼神，她還可以猜想出是個可愛的孩子。

「趙孝強！」她把手冊拋下，拿起一本英文作業簿，翻開滿是紅筆批改的內頁：「MY METTER (MOTHER) ARE AN BEAUTE (BEAUTIFUL) WOMAN」

「可憐的孩子！」羅太太丟下作業簿，感嘆地自語。「教著這樣的學生真倒霉呀！」但她隨即想：「有這樣的父母，可有甚麼辦法？」她不禁為那兩個孩子感到難過，因而對他們晚間的作為，似乎也覺得有可原諒的理由了。

「咚⋯⋯」深夜，那男孩子的聲音又繼續傳來，隨著一下跳

躍，羅先生咬著牙根地又聽到他趾高氣揚地唱：「矇面超人，聲威震九天，鐵臂銅拳風雷電，……」

羅先生像旋風似的跑出去。撐著腰狠狠地按趙家的門鈴。大概小孩子從鈴聲已判斷出不是母親回來，兩人輕輕開了道門縫，往外窺望，原來又是那個男人，馬上要把門推上。但羅先生也手快，從鐵閘間把門頂住，怒吼道：

「喂！你們再嘈吵，我馬上叫警察拉你！」

「憑甚麼拉人喎！」那戴面具的超人不服氣地說。「這是我們家裏，你有甚麼權干涉人家……」

羅先生冷不提防給他頂一句，更加火上加油，但剎那間找不到辯駁的理由來，只說：「這麼夜，你們還在人家頭頂跳……」

「先生，幹嗎？」

羅先生正在暴怒之際，背後驟然傳來女人的聲音。他霍地轉身望望，原來是趙太：她塗了脂粉，穿著淡黃的緞子長衫，銅色高跟鞋，密排著閃光膠片的手提包。以狐疑的眼光望著他。

「媽咪回來了！」孩子們歡呼著。

「沒甚麼，」羅先生有些困窘地說，趁機把問題說清楚：「我姓羅，是住在你們樓下的。你的孩子每晚都玩得翻天覆地，吵得我們睡不得，我們早上要起得很早，麻煩你勸導勸導他們！」

「噢，是這樣，那真對不起了！」趙太太說。

羅先生回到牀上，跟太太說，經過這麼當面說明，藉趙太太去把那兩頭猴子治服，從此應該可以安樂睡覺了。正當他和太太舒一口氣時，上面傳來那孩子哇哇哭叫聲，以及到處走動以逃避棍子教訓的步履聲，但那棍子總能追得上，連續地打在皮肉上拍

拍地響。聽著孩子的啼哭哀號，羅太太真有些替他們難過。但羅先生心裏，卻很覺痛快，他鬱悶在心裏的怒氣，都隨那淒慘叫號聲洩消盡了。他伸伸疲倦的腰肢，安靜地閉上了眼睛。

五

　　昨天晚上孩子受了頓狠狠的教訓，他們更懷恨羅先生，存心給予報復。到了夜晚，他們變本加厲地吵鬧，除了把鐵罐滾得叮噹之外，又將板櫈當馬跑似的敲打地板。羅先生給氣得眼火直冒，馬上想上去把他們揪出來揍一頓。但羅太太一把扯住他說：

　　「阿威，我看這樣斥罵他們，總不是辦法。」

　　他們在沙發上並排坐下，從長計議怎樣去對付那兩個小傢伙。羅太太始終覺得以高壓手段去對付，只有把事情弄得更糟，效果更不堪。既然不能剛，就必須柔；他們看來像剛泵足氣的皮球，必須以輕巧的手法才能使它不再跳動。

　　「我想，他們還不至於是太壞的孩子！」羅太太說。

　　「還不壞透？」羅先生生氣地說，覺得太太為他們辯護，真有點豈有此理！「吵得我快發神經了！」

　　「每晚上母親回來時，他們馬上安靜了；要是母親不出去，他們不是很乖很靜嗎？」羅太太平心靜氣地說，「其實他們也真可憐，這麼年幼就得不到父母細心的照顧……」

　　「那又怎麼樣？誰叫他們投錯胎！」

　　「我心裏也像你一般懊惱，」羅太太說，語氣安祥，「你已試過幾次，看來用強硬的態度只有使他們反感，變得更凶，我們

何不改用友善的態度試試？」

「怎麼友善？難道還得請他們吃牛扒不成？」

「我的意思是，跟他們談談……」羅太太一邊思索地說到這裏毅然站起來，開了門，「我就上去看看他們！」

六

羅先生倚著鐵閘，望著太太上樓去。羅太太按了鐘，裏面的搗鬼行動停止了，但不來開門，因為他們知道母親不會這麼早回來；那當然又是那個累他們捱棍子的可惡男人啦！

羅太太再三按鈴，門依然關閉，於是她搥著門，喚道：「趙孝強！」

門果然打開了。趙孝強面對這個面露笑容的女人，深覺奇怪，正欲問她找誰時，羅太太說：「趙孝強，你不認得我吧？」

趙孝強才是十一歲左右，個子瘦瘦，面頰尖削，短短的眉毛下的小眼睛卻很精靈。他這時穿著灰色短褲，格子夏恤的鈕子幾乎脫光了，露出單薄的胸膛。

他搖搖頭，一邊思索，一邊遲疑地問：「你是誰？」

「我是羅老師嘛！」羅太太將計就計，溫柔地說，「你不是在羅保書院讀五年班嗎？」

他望望妹妹似乎是問她：「你認得她嗎？」但妹妹望望他，微微地搖搖頭。他竭力思索著，終始覺得學校裏似乎沒有這樣一位老師。

「我……不認得！」

「那當然啦,你讀下午班,我教上午班!」羅太太說著,看著那兩張稚嫩的臉慢慢浮現疑懼陰影。

「那麼……你……你有甚麼事找我?」

「沒有特別事情,」羅太太用笑語拂拭他們疑慮的面容,「你媽咪?」

「她——未回來。」

「噢,她應該就快回來了吧?」羅太太說,「你們在做功課嗎?」

「……我們明早才做。」小妹妹說,竭力挨靠著哥哥。

「那你們在看電視?」

他倆瞪著她搖搖頭。

「怎麼?你們不喜歡看電視麼?《仙童伏妖》片集就快大結局啦!」羅太太望望放在雪櫃上面的電視機說。他們隨著羅太太的視線回過頭去望一眼,失望地回答:

「壞了!」

「那麼,你們可以看看兒童故事嘛!」

「我們沒有!」趙孝強說,他們開始被羅太太友善的態度和關懷的話語感動了,不再疑懼和拘束。

「那可以玩玩小汽車,砌積木呀!」

他們茫然地搖著頭,懊喪地說,「沒有,媽咪沒買給我們!」

羅太太看著孩子那黯然的神色,心裏真難過;從而也醒悟過來,為甚麼他倆整天地玩超人之類的粗野遊戲。她肯定這兩個並非冥頑不靈的小流氓——無可解救的孩子。看到目的已達,而且出乎意料地成功。最後她說:

「我就住在下面，你們有時玩得太吵了，影響我們睡不著，我們要起得很早——」這些話，使兩個孩子的眼睛裏浮現出不安的神情。她意識到他們在擔心自己的行為可能引起甚麼可怕的效果，因而安慰地說：「以後不要玩得這麼嘈吵啦！好了，夜深了，你們關門——睡覺吧！」

「我們等媽咪回來！」他們說，把門慢慢關上。羅太太走在樓梯上，還聽到他們的聲音：

「羅老師，晚安！」

七

第二天，羅太太放學回到家裏，羅先生放下報紙，第一句話是——

「阿蓮，我知道趙太太幹甚麼的！」

「真的？她幹甚麼工作？」

「她做舞小姐！」

「不會吧？」

「是的，」羅先生提出了證據來：「今天下午，我到洛克道去，經過蘭花舞廳，看見趙太太和一位小姐，以及兩個客人——她大概是剛上班去——」

羅太太剛開始弄晚飯時，上面兄妹倆，也開始弄晚餐；煎雞蛋的渣渣聲響和微焦的香味，隨晚風飄進廚房來。她深覺得他是個能幹的孩子。經過昨天晚上跟他們見面，她的談話果然有無邊的法力，把兄妹倆治得貼貼伏伏了。到了晚上十點鐘，上面還是

安安靜靜的。她想：他們一定不會在做功課；但是，沒有電視、玩具和兒童圖書，他們怎樣打發時間呢！想到這兒，羅太太從牀底下抽出一綑圖書來。那是她女兒素玉在童年時看過的，許多種兒童雜誌都完好地保存著；她已是中學生，不再需要看它們了。她隨便抽出幾本來，到上面去。她按門鈴，沒人開門，把耳朵貼近鐵閘，也聽不到一絲聲息。她想：這麼晚，不會外出了吧？再按一會，趙孝強才一邊擦著睡意濃厚的眼，一邊把門開了少許。

「羅老師，」他有些失措地叫一聲。把門打開了。

羅太太望望沙發，他妹妹歪著身子睡著了。

「趙孝強，媽咪還沒有回來？」羅太太微笑著說，把幾本雜誌從鐵閘間遞進去，「這些兒童雜誌，你看過沒有？」

趙孝強接過去，翻動幾頁，臉上的睡意全消了，閃現出喜悅的光輝。搖搖頭：「沒有！」

「那麼，你和妹妹交換著看吧；看完了還給我，另換新的——我們還有許多許多呵！」

這以後，趙孝強幾乎隔一兩天就去按羅先生的門鈴，羅太太按雜誌出版的順序換給他們。那雜誌就像一把把銼子，慢慢把兩個小腦袋的陋習在不知不覺中銼平了。他們不只是看兒童圖書，而且，羅太太還時常聽到從未聽到過富有節奏的聲音——讀書！

羅先生呢，他從此也打消了斬腳趾避沙蟲的念頭——搬家！

一九七八年一月於香港

阿誠的畫家夢

工友們放工了，小小的工場裏剩下阿誠一個人。他開始收拾網架，逐個的映著燈光，看看工友們是否都清洗乾淨，把它們排放到架子上去。然後又點收工友們的印成品，預備明天要印的新訂單。這些例行工作，平日差不多要一個鐘頭，但今天半個鐘頭就辦妥了；看看鐘，差半個鐘頭才八點。時間怎麼這樣慢呢！

他在辦公室裏坐下，顯得很不耐煩！叔父應該回來了，也許途中塞車吧？他想。

叔父跟車到黃竹坑那邊去交貨。那時是下午四點鐘。

他在工場那狹窄的通道裏來回踱著。

「今晚一定要跟他說了！」阿誠心裏想。

這間絲網印刷工場是叔父經營的。阿誠替他管理生產事務，已經四五年了。他想到一會兒見著叔父，就向他提出辭職，心裏有些抱歉，又有些難過。本來，早幾天想提出了，臨時又覺得不知怎麼說才好，於是便拖了幾天。無論如何，今晚一定要說了。

街門有鎖匙轉動的聲響，阿誠抬頭望過去時，叔父進來了。

「工友們都走了麼？」叔父一邊說，一邊進辦公室。

阿誠待叔父坐下，就急忙地說：

「三叔，我有些事想跟你說！」

「甚麼事？隨便提出來談談！」叔父望著阿誠那有些困窘的樣子，似乎猜中了他的心事。

「我想，我想不幹了。」他終於鼓足勇氣，拼出了在心裏打滾了幾天的問題。

「嗯？」叔父很感意外，但冷靜地問：「你找到別的事了？」

阿誠不敢望著叔父。「我，我想轉行——做畫家。」

叔父笑了幾聲，然後說：「做甚麼畫家？」

「油畫。」

叔父因為剛才笑而顯得從容的臉，忽然變得嚴肅了。眼前這三十多歲的姪兒，幾乎連油畫是甚麼樣子也不曉得，忽然想到要做油畫家，未免不是太笑話了。

「誰介紹的？入息好嗎？」

「沒人介紹，我是看報紙的，」阿誠說著，從後褲袋扯出那張報紙來，指著那小廣告給叔父看。

叔父接過去，架起眼鏡讀道：「三個月畢業，學成聘用，月入數千……」他把報紙放下，「阿誠，人望高處，是應該的，但是學兩三個月，就有幾千元一個月，世上恐怕沒有這麼易賺的錢吧！不過你既然決定了，那你就試試吧！」

問題總算解決了。阿誠頓時輕鬆起來。

是否該冒險放棄這份九百元月薪的工作，毫無把握地輕信那廣告宣傳，去學油畫？這個問題，阿誠跟老婆也爭論過好幾次。她初時也像三叔那樣懷疑，覺得這個玩藝總有些像水中撈月。但阿誠到那畫苑去實際考察過：兩個小房間，和一個丁方不足兩百尺的客廳，擠滿急於發財的學員，他們一個挨一個，每人佔那麼三尺的小位置，面壁沉默地全神貫注的畫著。阿誠心裏數一數，竟有三十幾位，客廳裏的位置已排滿，其中一個房間背窗的三個

位置還沒有人。那主持畫家以滿不在乎的神氣對阿誠說：

「你要學，就快些決定，我很容易收夠人數啦！」

「好，好，我馬上報名！」阿誠一邊說，一邊掏出兩百塊錢。畫家正想接過去，但阿誠忽然又把握鈔票的手縮回，問：「我選星期一三班，請問二四班還有沒有位置呢？我想多學一班。」

畫家看他這麼熱心，遲疑一下，說：「好吧。二四班有兩三位學員剛畢了業。你學兩班，本來每月該收四百元，三個月就是一千二百元，如果你一次過繳清學費，我就收你一千元吧！怎麼樣？」

一千元不算一回事，問題是三個月之後，是否真的每月可有幾千元入息呢？「學成聘用」，如何聘用？阿誠最關心的是這個問題。

「我們就像製衣廠發外工，」畫家輕巧的舌頭，一下子便解決了阿誠的疑難：「學員畢業後可在家畫畫，交給我們，洋行來收貨後就付款，收幾多幅就照數付現金。當然啦，有如車牛仔褲，手腳靈快者一天車十打八打，遲鈍者只車兩三打，收入自然就有分別！」

阿誠嫂是從製衣廠拿外工在家裏車的。她的收入恰如那畫家所講的，覺得不無道理。因而促成了阿誠要轉行做畫家的決心。

這樣，星期一二三四，提早吃過晚飯，阿誠就老遠地從葵涌不辭勞頓，到尖沙嘴那畫苑去學畫。他像木樁一般，不敢苟動，集中精神地，緊閉著嘴，竭力想準確地把畫家給他的摹本，仿繪到那塊橫十寸直八寸的小畫布上。那張樣辦的兩邊是兩棵黃黃綠綠的樹，前面是一泓死水。

　　畫了兩個星期後，阿誠雖然畫過三四幅不同樣的稿子，總覺得分別不大。他雖然不知道真正能賣錢的畫是甚麼樣的，但總不免懷疑自己畫著的畫價錢高些，還是那張畫布貴些！

　　有一天，聽他旁邊的同學說：「我還有一個星期就畢業了。」

　　阿誠看他比自己年輕了差不多一半，就快可以每月有幾千塊錢收入。心裏有些羨慕起來，不禁又懊悔自己為甚麼不早些開始呢。

　　就這樣，阿誠看著舊的學員「畢業」離去了，新招聘的又把那位置填上；他們畫著阿誠經歷過的課程。很快地就輪到阿誠也「畢業」了。他學三個月等於別人半年，積存的畫稿果然有十七八幅。上完最後一堂課時，不待他提出那最關心的問題，老師卻對他的前途作了個交代；他給阿誠一張收購「畢業生」作品價目：從最小的八吋乘十吋，至最大的二尺乘四尺，有七八個尺碼。最大的那個價錢不足二十塊錢；小者則三元。阿誠一算，最小的畫布顏色也要一塊多錢，要一天賺一百塊錢，豈不是要畫五六十幅才成？他的心馬上涼了半截。還不止這樣，老師從櫃枱下拿出一本薄薄的畫集來，指著上面印的畫：豪華大宅前，有花圃，有馬車，還有一群漂漂亮亮的貴婦。然後鄭重地說：

　　「你在這裏畫的，只是練習稿；正式交貨要畫這類題材，夠水準，洋行多多都收購，水準不好的，只好退回給你。」老師把畫書掩上，補充一句：「這本畫書，本畫苑是總代理，三百塊錢一本，你要不要買一本呢？」

　　阿誠呆了好一會。那想像中一個月的幾千塊錢，瞬間化作一團金星，繞著腦袋亂轉。盛滿畫具顏色的旅行袋，沉重地噗的一

聲從他手中滑脫，落在地上的聲響，使他清醒過來。

　「不買了。」阿誠淒涼地說，頭也不回，携起旅行袋走出了畫苑。

一九七八年一月十五日

謀殺進行曲

一

　　那一年夏天，他從星加坡回香港來，正是父親為意外打擊，一病不起的日子。他下了飛機，趕到醫院時，剛好來得及接受父親彌留一刻間的遺言：

　　「傑明，這筆賬，你無論如何要算一算，替爸爸抒一口氣！」

　　許傑明接受了重如千斤的承諾，帶回去一罎父親的骨灰。晃眼之間，就過去了七個年頭。而他也從一個十七八歲的少年，長成體健如牛的青年。

　　在七年後的今天，他把當日對爸爸許下的諾言，帶回香港來；無論如何要在三個月的假期中，使之兌現，以慰父親在天之靈。

　　此刻，他在機場餐廳找張桌子坐下，喝了口咖啡，支著下巴，成竹在胸的自語道：

　　「時候到了，那筆賬，就快要算了！」

　　熱騰騰的咖啡慢慢冷卻，他端起杯子一口氣喝掉；表妹才走進來迎接他。

　　表妹比他年輕三四歲，臉頰飽滿，下巴短，嘴唇薄，長髮往內捲，垂直地剛好蓋過衣領。棗紅運動恤，淺棕牛仔褲，肩上掛個垂著穗子的寬口尼龍草袋，太陽鏡插在頭髮上。

　　「表哥！」她神情歡悅地叫道。

「麗妮!」他說,沒有站起身。把旁邊的椅子拖開一點,招呼她坐下。

麗妮要了杯生啤,他再來一杯咖啡。

「途中塞車,所以來遲了!」麗妮說。

「不要緊,反正我坐在這裏一會!」他說,「我行李少,幾乎不用檢查,第一個出關卡!」

「那還好!」她交疊著兩手,按在桌子上,把身子欠前去,用著急促的語氣說:「車子給困在車龍中,動彈不得,每過路口必遇紅燈,真把我急死了!」

「今早在星加坡給你電話時,我說,在此等你。其實你就無須趕得這麼匆忙!」他說,端起杯子把微溫的咖啡喝完,「走,回去才慢慢說!」

二

傑明就住在姨母家裏。那是英皇道不算太熱鬧的一段。大廈就矗立在 V 字形的尖角位。姨母臨時給他住的房間,正好面對一道斑馬線。站在十層高的窗口,俯瞰下去,行人像侏儒般在斑馬線上移行,交通燈上的綠色小人一閃一閃,斑馬線的兩邊,汽車在虎視眈眈;這些情景可以看得很清楚。

這天,吃過晚飯,他和姨母及表妹坐在客廳中,看著電視中的新聞報告員,說及立法局正二讀通過了業上可以加租百分廿一的法案。

「每兩年加百分廿一!」傑明雖不住在香港,姨母也不用捱

貴租，但這新聞卻也頗叫他反感，他有些憤懣地說，「那豈不是物價也作相等比例地上漲！」

「是呀，」表妹說，「甚麼都漲了，就是──」

「人命沒有漲價！」他打斷表妹的話，代她說出了下半句。

三人哈哈地笑了起來。

「甚麼都值錢，就是人命不值錢！」姨母感慨地補充一句。

那是兩年前的復活節。表妹和幾位同學到星加坡去。有一天傑明請她們到大牌檔去吃晚飯：海鮮那麼便宜，十元八塊一尾石斑，十二寸的欖形長碟也容不下──

「在香港，非四五十塊錢不行。」其中一位同學說。

於是他們七嘴八舌地談論起香港的物價，提到每一種都是比前貴了若干；忽然，表妹說了句非常不調和的話：

「總之，除了人命，甚麼都一天貴過一天！」

人命！誰都沒有注意過的問題，誰都不曉得它的指數該是若干點。大家都拿不定主意，該同意麗妮這個意見，還是應該反對它！因此一時之間話題幾乎給她一語說完了。

「你又沒有買賣過，」經過一會短暫的沉默，傑明的話引起了大家的興趣：「你怎麼肯定人命怎樣才算貴，怎樣才算平？它又不是股票，沒有指數可作依據！」

「我們一位同事的母親，有一天在斑馬線上走著；當時──」麗妮回憶起那回事，心頭還有餘恨，有些激動起來，「那時正亮著安全的綠燈，但一個外籍工程師，飛車接女朋友，衝著紅燈，把她撞到十碼外，折斷脊骨──慘死了！」

「對呀！」張小萍插嘴說：「我想起來那段新聞了，後來法

官判罰那歐籍司機三千元，罪名是危險駕駛，是不是？」

「就是呵，三千元，那司機就可買到一條人命，你說有甚麼比這更平宜的呢！」

「一條人命，三千元的代價！」傑明在心裏說，陷進茫然的沉思裏去。「對了，」他忽然若有所得地叫出來，「香港的人命，真是全世界最廉價的了！」

自從那時起，他請麗妮回港後，每星期寄給他一束香港的報紙：他細心地閱讀每宗與人命有關的新聞，特別是法官判案時的報導，他剪起來，貼好，並將之分類，用統計的方法，找出香港的人命的恰當代價。

現在，那些剪報中較典型的案子，塞滿公事包，給他帶到香港來了。

三

麗妮不愧是好表妹。她除了上班，閒暇的時間都陪傑明玩，無微不至地盡著地主之誼。而她的生活又那麼多姿多彩，露營、野火燒烤，或是一群同學一起無拘無束上天下地的閒扯，傑明也完全走進她的生活圈子中。不然，就是遊車河。他說星加坡的街道雖寧靜，總覺得與香港的熱鬧、彩色繽紛比較，未免太單調一些。他說他喜歡在車中看著七彩櫥窗一列列地掠過去，就像一格格地跳動的電影那樣，把飛馳而過的印象濃縮、串聚在一起，特別生動鮮明的感受到東方之珠的繁華：而路人在車陣中的穿插、擠撞、以及那逃避甚麼災難似的急促腳步，也更能使他體現人生

的戰鬥意味。因此，麗妮也時常載著他漫無目的地在熱鬧的大街上穿梭來去。

有一次，他們的車子來到東區，隔著兩輛車子，在斑馬線的紅燈前停下來，麗妮忽然說：

「表哥，你看——」

一個五十多歲，身材矮胖的男子，咬著雪茄，夾著公事包正在緩步橫過斑馬線。

「甚麼？」當時傑明正側著頭望著櫥窗裏，電視機正播放小型車比賽。他迅速地回過頭來，順著麗妮的視線向前望。那個男子剛把雪茄摘下。

「噢！是他——蕭國宏！」他訝然的叫道，「他就在這附近？」

「不錯，就在那商業中心十三樓，是去年底才搬的新寫字樓，」麗妮說，開動車子。「他大概現在才回家。他的車子泊在那邊的停車場。」

傑明不再說甚麼。默然的咬咬嘴唇。一直以來，他腦中翻滾著的好幾個計劃，刹那間顯得層次分明起來，幾乎馬上就可以作出最佳的選擇！

「麗妮，到山頂去喝杯茶！」一會，他從沉思中抬起頭說。

這時是星期六下午四點鐘。他們在山頂餐室露天的陽傘下坐下。他的視線迷惘地投在遠方。那邊，朦朧的小島像殘局的棋子，散在閃著白光的海中。麗妮默然地啜飲著冰凍的檸檬汁，不時望望傑明。她知道一定有許多事情在困擾著他，而且，那問題的核心必然是關乎蕭國宏的。她以為是偶遇，把往事揉合在一起，以

至使他想起父親而感到難過吧了。

「真是知人口面不知心，」她說，「看蕭國宏那副紳士模樣，怎麼也想不到肚皮包裹的原是狼子心腸啊！」

這句話，把傑明的疑念撥到一邊去。

「黃皮樹了哥，不熟不食，」他說，「爸爸碰上他，註定倒霉！」

「那個案件的背後，必然也有很多黑暗！」麗妮說。

逐漸地，他們回到八年前那宗案件上去了。那次，傑明匆忙地來，又匆忙地去，對於他父親的事，沒有怎麼討論過；而那時，他們還太年輕，實在不知如何再度去討論。麗妮所記得的，只是整個事件的輪廓而已；傑明一方面由於那主角是父親，自然對仇人有刻骨的仇恨，更主要的是，那個案件的報章資料，他詳細地保存著；就像虔誠教徒，隨時可背出聖經上的金句，完全深印在他心裏。

爸爸如何跟蕭國宏合作，他不大清楚。但他知道爸爸跟他生意上來往了許多年。那時他和母親還居住在香港，蕭國宏就曾多次載他們去遊新界，去畫舫食海鮮；逢聖誕節，還送他名貴的電動玩具。

那一年，蕭國宏去外國旅行，回來時，在機場上給拘捕了，次日就給提控於法庭；告他的罪名有許多條，將之歸納起來，其實簡單得很：存心混騙顧客金錢。原告有三十多人，涉及款項六百多萬元，他父親是其中損失最大的。案件一連審訊了兩個星期。報章的法庭新聞詳細的記載著他父親供述，如何跟他交易多年，每次都是把支票送到蕭國宏的證券貿易公司，經公司蓋章、

經理簽名，就購到股票。「太空電腦工程」股票上市，父親送去現金支票八十萬元，蕭氏證券貿易公司如常的收下，但股票卻沒有買到。兩個星期後，父親往探個究竟；不料碰上大群人，在那關了門的貿易公司門外鼓噪——就這樣，父親就從老朋友的地位，變了蕭國宏的原告。

「辯方大律師總結陳詞說：該案涉及的金錢與被告無關，被告並沒有在任何文件上簽過字——」新聞上如是紀錄，「由於被告深知自己行為清白；他知道發生了這樣的案件，仍敢毅然冒著被檢控的危險從外國回來，就是最好的證明。所以請主審法官宣判被告無罪！」

於是，法官宣讀了許多理由，同意了辯方律師的見解；他到底是位細心的法官，他大概還沒有忘記小學時期讀過「亡羊補牢」那個故事，所以他在判案時鄭重其事地說：「由於被告的疏忽，造成各原告人不必要的損失。因此本席鄭重向被告人提出最嚴重警告，以後必須對每宗買賣文件簽字切實負責。今天的呈堂文件中，雖有公司蓋章，『經手人』一項中有經理人之簽名；但被告是該公司的董事兼總經理，並沒有簽字於其上，足證本案涉及之金錢與被告沒有絲毫關係。本席現宣判被告訛騙罪名不成立——」

蕭國宏含笑對法官鞠躬致謝而退；許傑明的父親則含恨給送進了醫院。

那宗案子的背後，流傳著許多花邊新聞，其中最為人注意的，蕭國宏聘的辯護律師，是退休後執業的法律系教授；那位法官呢，就是他的學生。

四

　　許傑明借用著表妹的汽車，不時在蕭國宏附近逡巡，曾經好幾次都是在差不多六點鐘，他才橫過斑馬線，到停車場去取車子。

　　對的，他一定當職員下班後，自個兒留著，收拾好一切，才回家去！在上午八時半左右，許傑明也好幾次看見蕭國宏從停車場那邊過來。

　　「他是個勤力而精明的老頭兒！」他按著駕駛盤，望著蕭國宏那慢條斯理的腳步，心裏想：

　　「他必然比職員提早上班，這樣可使他們沒有遲到的藉口！」

　　有兩次，當他看著前面無車子，而剛巧蕭國宏在過斑馬線，他加快了速度，在剎那間，他的心幾乎要從喉嚨間跳了出來。

　　「該不該衝過去？」正在猶疑間，燈號轉了。蕭國宏在中間段停下腳步。許傑明的車子長嘯一聲。嘎然在斑馬線旁停下。

　　他嘘口氣，閉一閉眼睛；聽到後面催他的喇叭聲，他才清醒過來。他從後鏡中，看到蕭國宏又開始邁步在斑馬線上。

　　因為臨急關頭的懦弱，跟那冒死為父親報仇的決心成了強烈的對比，使他氣餒了好幾天。

　　「這是最後一次了，如不成功，就把車子駛進海裏去！」他咬咬牙關，把車子開出了停車場。

　　淡薄的陽光已消失。陰雲蓋沒了高樓間隙露出的藍天。車子在附近巡迴著。他計算著時間，蕭國宏就快在斑馬線上出現了。

經過斑馬線時，微雨已灑濕了街道。他往附近的小街兜個圈子，回到大馬路上；很遠的交通燈擋著如一隊甲蟲似的汽車。後面的街道寂靜地映在照後鏡中。他把車子的速度減低了。幾個行人迅速地橫過斑馬線。安全島上的有規律的閃光，擾亂了他心緒的平衡；他只有竭力想起來出發前的誓言，才把砰砰地碰著胸壁的心納回心窩裏。

遠遠地，看到蕭國宏在馬路邊出現了，他望望灰濛濛的天空，望一望對面的交通燈，開始跨到斑馬線上去。黃燈亮時，傑明的車子咪錶急促地偏到右邊去；紅燈亮時，蕭國宏已走到斑馬線的中央。

許傑明把腳一蹬，車子像出膛的子彈。剎那間，眼前的一切顯得那麼迷糊；前面甚麼東西猛然擋住車子，給反彈遠去了，模糊中聽到砰然一響，他把腳一鬆，車子拖著緊急煞制時尖銳的呼號，滑行十多碼，停住了！

他噓著氣，頹然的把背往後一靠。後面的喇叭連串急促地響起來。

「喂！朋友，你沒事吧？你撞倒人了！」

一位司機走過來，把頭貼到窗邊，高聲叫道。

他楞楞地望了那人一會，然後從驚愕中醒悟過來，說：「我沒事──甚麼，撞倒人？」

說著，馬上推開車門，跨出車子，站到街上，清涼的細雨灑醒了他的神志。果然看到二十多碼外，蕭國宏奄奄一息的躺在水光明亮的馬路上。

五

　　救護車還未到來。交通警察先來了。許傑明交出他的國際駕駛執照。警察紀錄了下來。感到空氣中有淡淡的酒氣，抬起頭來看看許傑明，發現他臉頰緋紅；把鼻子伸前一些，發覺他的呼氣中混著酒味。他爽朗地回答了警察的問題。不一會，交通警察把草擬好的口供，遞到他跟前，他看看：

　　「在駕駛之前，我曾喝過少量酒，當時天下微雨，道路很滑，當時車速很高，想在紅燈亮前先越過斑馬線。不料紅燈亮了，當事人已開始橫過斑馬線，我一時慌亂，煞掣不住，反而誤踏油門，以至把當事人撞倒……」

　　「對的，正是這樣！」許傑明看過後，點點頭說。隨即毫不猶疑地在上面簽了字。

　　一個星期後，他如期到法庭去受審判。他在等著法官進來之前，幾乎已測知了裁判的結果；他知道體內約千分之五的酒精，是該案的焦點；那既不會影響他的神智，但卻可以使案情轉化到樂觀一面去。

　　法官進來了。那位交通警察宣讀了許傑明的「自供狀」，法官瀏覽了醫院的報告，很快就作出了判決。

　　「由於被告駕駛前喝了酒，足以影響其判斷力，加上技術錯誤，因而引至受害人脊骨折斷，頭骨破裂而死亡。本席判許傑明——即本案被告人如下：

　　第一條：醉酒駕駛——罰一千元；

　　第二條：衝紅燈——罰五百元；

第三條：危險駕駛——罰一千元；

第四條：不向受害人鳴號警告，罰五百元——合計三千元；

第五條：吊銷駕駛人在本港之駕駛執照三年。……」

全體起立，向法官致敬後，他把手提包一關，就昂然的從臺上下來，出去了。

許傑明跟隨法庭警察出去，辦理了繳付罰款等事項，出到裁判署的大堂時，握著麗妮的手，含笑地大聲說：

「不錯，這兒人命最便宜——我親自證實了！」

一九七八年三月於香港

搭枱客

那一天中午，我在中區一間茶樓上喝茶。坐了老半天，座位上有三個仍是空著。在臨近商行中午下班的時刻，我正預備離去，卻有三個人走過來，不約而同便把那三個位置填上了。馬上成了一桌四人的格局。

看看他們，除其中年過五十的長者外，餘兩人都是三十歲左右的年青人。長者接過其中一位遞過來的一卷東西，隨便放在我和他之間的一張圓櫈上。

我斜眼一瞥，只見棉紙上現著不規則形狀的黑漬；那無疑是一卷水墨畫了。環繞著這卷畫，總會有些有關的話題吧，這是我感到興趣的。我立意多坐片刻。

果然不出所料。青年甲一邊在水中滾動著、洗滌茶杯，一面對長者說：

「王先生，還有繼續畫畫吧？」

「有時間，偶然也還消遣消遣！」王先生答。圓臉上同時浮上了淡淡的笑影。

「畫水墨？還是畫那些老古董披麻皴？」青年乙說，他把紅筷子握成一束，伸到水盅去攪著、洗著。

「嗯，我跟不上时代了，」王先生謙然地說，「如呂公生前所罵的，我還在畫那一筆一筆地皴擦的山水。」他頓一下，帶有深意地笑著往下說：「不過，我向來的原則是，我畫它，正如吸

一枝香煙那麼樣，但求滿足一時的快感。不像你們兩位，那麼前衝後衛，每在畫紙上揮灑一滴墨水，都彷彿把天地宇宙、中外古今的文化精華都包括在其中！」

王先生究竟真意何在，青年甲乙似乎一時領略不來。我卻覺得他們的談話很有味兒。特別是藏在他們心中那位呂公的影子，更像武俠小說中，握有武林秘笈，總是聞其聲而不露面的甚麼祖師，那樣的緊攝著我的心魂。

「王先生，用水墨畫表達人類文化的精華，自然是我們的長遠目的，也是我們義不容辭的責任。」青年乙一邊說，一邊在王先生的茶杯裏斟茶。「沒有聽過呂公的課，自然難說，像王先生，我們共同學了那麼久水墨畫，總該明白啦，水墨畫如今是全世界的藝術精華，除了它，還有甚麼值得我們浪費時間的？」

「是呀，」青年甲插嘴說：「王先生以前在水墨畫班中，本來也很夠勁嘛，怎麼不見兩三年，就遠離水墨之道了？當心呀，一個畫家不忠於水墨之道，便很容易被淘汰的呀！」

聽了那麼一會，我終於明白過來了。他們可能曾同在校外課程的水墨畫班學習過，今天是道左相逢，因而品茗敍舊。聽著青年甲乙那談話的語氣，以及夾雜其間的名詞術語，那位呂公的形貌，也漸漸在我想像中清晰起來了。

記憶中，九龍半島某百貨公司樓上，校外課程租用的課室中，我坐在前排，那時所見的主講人呂公，大概是五十多歲。長臉孔中間，橫架著粗邊的膠框眼鏡。拿著粉筆，在黑板前的小方地板上，緩步來回地踱著，同時不停的拋出種種名詞，還不時從厚鏡片後，溜轉著眼珠兒望著學員們。間中也揪出時下的畫家

來，盡情地嘲諷一頓：

「畫家們年老或年青的，我認識者何止千百位！但他們中能有幾人知道筆墨是甚麼，尤其是傳統的骨法筆墨，他們只能人云亦云地講講其名詞吧了……」

那時，我還有著年青人熾烈的求知慾，十分希望從那新穎的水墨課程中，找尋藝術理想。呂公在講課時，提及許多造型藝術上的新意念，的確是一般教授傳統國畫的畫家所欠缺的。學員們因而十分感到興趣和新奇。不過，我老早已研習過包浩斯的造型原理，對藝術上的新的空間觀念，不同的色彩構成所達致的特殊造型效果，或是由非傳統的媒介資料導致不尋常的質感，這些在我已毫不新鮮了。呂公當時所重複講述的水墨畫造形知識，不少資料都得自包浩斯。因此，我對那個課程的興趣，就逐漸淡下去；最後，卻是以請呂公評述習作，而虎頭蛇尾地告終。

有一天，我携了幾幅作品，其中有臨摹龔賢和王蒙的山水，也有自己的創作。那天我到得最早；呂公有個良好的習慣，總比學員早到。我攤開作品，請呂公評閱，他隨便瀏覽一遍，表情麻木，不示意見。我正想把包畫的麻紙摺起來，他目光突然明亮起來，有些激動地說：

「拿來，讓我看看這一幅！」

他把紙接過，在書桌上小心、珍重地把它抹平，有如沙礫中發現金了，興奮地說：

「這幅才是真正好作品！你看——」指著墨漬濃淡交疊的一角，用長著兩分長指甲的食指圈一圈，「這部份，實在是水墨畫

中，最富東方精神和韻味的！」

　　我當時雖不能說有受寵若驚的感覺，但非常莫名其妙。呂公很認真，毫不似開玩笑。那神情，恍似他刻意散播的水墨畫種籽，首次發現在我的廢紙上開出花朵來！

　　「我敢說，你這幅作品，是很有創造精神的！」他彎下腰，仔細地看著，突然發現上面一個字——「襘」，「用這個字做畫題，真是最貼切了！」

　　那究竟是甚麼佳作？不過是我畫畫時墊底的麻紙而已！上面印滿著漏墨的不規則痕跡，加上倒墨水時流滴上去的，真是駁駮斑斑。至於那個「襘」字，是孩子們買回來一本新字典，隨便抽個字來考我，因而寫在那紙上罷了。究竟是甚麼字？相信呂公也未必認識。

　　我一瞥呂公那認真欣賞的神情，想起他憑那麼幾塊方塊墨痕，夾雜一點桃紅，因而成了禪畫的開山祖師。我忽然若有所悟，興奮得幾乎脫口而說：

　　「啊，那麼，我這幅作品，可說是開『襘』畫的先河了！」

　　他似乎看穿我在轉著甚麼念頭，突然的問：

　　「你對我的批評，有甚麼意見麼？」

　　「沒有甚麼！」我幾乎是詞不達意地回答了他。

　　眼前三位搭枱客，還是圍繞著水墨畫而談。王先生對青年甲乙講述有關水墨畫光明美妙的遠景，無動於衷。他看來很執著於未學水墨畫之前，已畫了很久的傳統山水畫。

　　呂公以開山祖師的熱心，倡導水墨畫，學者未必容易看見成

績，但他那勇於斥罵貫通中外古今的同道的言談舉止，卻很成功地像一襲奇裝異服，輕易地披到那些尚淺於修養的年青人藝術愛好者身上。聽青年乙那腔調：

「將來水墨畫，必成全世界藝術的主流；特別在東方，必成為各家各派的領導者，將要使東方繪畫精神，重行發出照耀中外藝壇的光輝……」

那語氣的豪邁，那自我誇耀的激昂神情，還有那抑揚頓挫的腔調，十足是呂公當年給我們講課的樣子。

「天啊！這大言不愧的傢伙，大概連中鋒也未用得準，就那麼忙於去領導潮流啦！」我想。

這時忽見伙計走過來，我趕忙招手道：

「伙計，埋單！」

一九七八年七月香港

原載《海洋文藝》第五卷第九期，一九七八年九月十日

惡人禮讚

一

　　他姓高，單名洛。由於他的體形恰如他的姓氏，碼頭裏的人對他的名字叫得溜了口，變成了「高佬」；日子久了，他本來的名字為人淡忘了，新近搬貨出入碼頭的貨車司機，只曉得他叫高佬。

　　他最近遷居到這間大廈來，鄰居們都不曉得他姓甚名誰，但都不約而同的說：「那個高佬……」

　　這間大廈名副其實的大：二十幾層高，貫通兩條街位，前中後座合計有二百多個單位。高洛在前座中層住個小小獨立單位，丁方有兩三百尺面積。但他對這大廈毫無歸屬感。對門N座的何先生，覺得這位鄰居很神秘；有時尚在夢中，就聽到高佬關門，一連兩三天都見那大門緊關著。有時呢，整天都見高洛開著大門；至深夜，隔著那欄形格子的鐵閘，也可看見他在那廳房不分的屋子裏看報紙；或是看見他蹲著，地上鋪張舊報紙；擺上個碟子，端著碗在吃飯。每次看見高洛吃飯時，何先生就悄聲對他太太說：「他又是獨沽一味！」

　　有一次，何先生夫婦要出街，何太太聽到電梯開門的聲音，望望門頂上發亮的紅箭頭，催著何先生道：

　　「電梯來了，快些，快些呀！」

何太太尚在走廊中，聽到電梯裏傳來粗獷的聲音：「不要緊，慢慢來，我把電眼遮住，——等你們！」

何先生把門鎖好，和太太趕到電梯去時，一望，裏面只有高洛一個人，他倆同時怔住了。

那時是初冬，天氣已頗冷，何先生已穿了兩件毛衫。高洛灰黑的長袖夏恤，沒扣鈕子，露出霉黃色的背心。他那捋起衣袖的粗壯手掌，還蓋著電梯門邊的電眼。

「阿……嗯……」何先生總算認清楚是鄰居，猶疑一下，走進電梯去。

這天，何先生半夜睡醒一覺，好久不上眼睛，才聽到開鐵閘和關門聲。他從牀頭几摸出手電筒，照了照手錶：二時半，他把電筒隨便放在枕頭下，心裏說：「他回來了！」

二

高洛在貨櫃碼頭裏當度尺工人。以前他住在離碼頭不遠的山邊蓋搭的小板屋，最近由於那裏開公路，板屋給拆掉了。他才搬到這間大廈來。其實，這間屋子對他並不重要。他的父親最近才過世，留下母親和一個年輕的妹妹在澳門；待暑假後，妹妹在那邊的學期完結了，準備接他們來港同居，他才租下了這間屋子。

他工作的時間不很固定。貨運繁忙，或有長線的貨櫃輪泊碼頭時，就特別忙，有時一連幾天都要加班。下班後，隨便在一堆紙皮箱上躺下，睡一覺，爬起來，又開始工作。如果不用加班，則跟碼頭外排隊等候入閘的貨車司機們玩十五湖，半天很容易又

過去了。船開走後，他才有兩三天空閒時間，也就在這時他才較多地在家。

　　由於他作息的時間和生活方式不定，同在大廈進出的住客們，有時碰過一面，就很久不再相遇，所以大家都不把這位住客放在心上。高洛也不怎麼留意住客們是甚麼樣子。有一天，他早上乘電梯，在下面三層停下，一位小姐剛想進來，抬頭一看，裏面空蕩蕩地，只有高洛挨在一邊，交疊著手，望著她，她愕然，把踏進去的一隻腳忙抽回來，回頭就走。電梯門隨即關上。這位小姐的行動，在高洛看來，頗有些莫名其妙。

　　經過那天早上的奇遇之後，又經過那位小姐的渲染，高洛開始覺到出入大廈的住客們，似乎以奇怪的眼光看他。

三

　　有一天深夜，他放工回家時，走廊兩端的電燈，臨近他住所的那一盞壞了，整條長長走廊，只靠另一端的二十五火燈光照明，顯得昏沉沉。他開了門，接著聞到一陣強烈的狗屎味；把門關上，那氣味愈發濃烈。他看看地板，發覺是自己的鞋底把狗屎帶進屋裏了。他藉屋內燈光照映，追尋出去，發覺狗屎就在他門外不遠處。

　　「哼，捉到了，一定宰了牠！」

　　把門關上，剝下鞋子，走到洗手間去，預備清理地板時，才發覺昨天出門前，把水都用光了。那是制水時期，現在滴水全無。

　　這晚上，他只可用報紙把鞋印蓋著，躺在牀上，呼吸著臭

得反胃的氣味，無法入睡。他從那可惡的狗，想到牠的主人；覺得他太沒公德心，隨意讓狗隻在公眾地方大小便，見著他，也非把他狠狠教訓一頓不可！接著，又想起大廈管理員，那太不成話了，走廊電燈壞了，也不馬上掉換燈膽，在這治安日劣的時候，給打劫了也認不出歹徒的面目呀！

第二天，他醒來第一件事，就是到管理處去，把電燈和狗屎的事告訴管理員。

「甚麼？哦！狗屎？大驚小怪，幹麼？」管理員王伯，從馬經上抬起頭來，透過混濁的眼鏡望著高洛說：「好了，一會我叫人清理就是！」

高洛本來還想投訴一些事情，但王伯不耐煩地把頭埋在馬經上，他只好走開了。

這晚上他仍舊很晚才回來，出了電梯，走廊還是只有一盞電燈，而且老遠地就聞到了臭味。他小心地走著，發覺昨晚給踩剩的一半狗屎仍在那裏，相隔一尺左右另有一堆。他由此想到狗的習慣，估計牠必會再三地把這兩三尺地方當了廁所；他決定看那一天日間不當值，守候牠來。

這晚上他依然給氣得睡得不好。第二天很早就醒來，立即到管理處去。但裏面沒有人；夜班的提早走了，早班的尚未回來。

「這成甚麼世界！」他在小房間的門上，狠狠的搥一下。氣憤地罵道。然後無可奈何的喝茶去。

四

　　回來時，管理員王伯已在小房間裏看報。高洛門也不敲，一推，走了進去。王伯不滿地抬起頭來，一看，又是那個討厭的高佬！

　　「喂，有甚麼事？」王伯問。

　　「嗯？你問我甚麼事？好！我問你，你管的甚麼事？」高洛在枱上一敲，吼起來。

　　「哎啊！我管大廈裏的事！」

　　「昨天，我通知你，給我們走廊換燈膽，你辦了沒有——」

　　王伯登時語塞。

　　「我通知你們把狗屎清理，你辦了沒有？」

　　「哎啊！你可算聲大夾惡！」王伯自知理屈，但不能不撐下去，「那與我有甚麼相干，那是電燈佬和垃圾佬的事！我通知了他們，他們未辦，那是他們的事——」王伯似乎找到了反擊他的理由，聲音也高吭硬朗起來了：「你只能罵他們，你憑甚麼罵到我頭上來了？」

　　「嘿，我怎麼知道你們誰管甚麼，總之，大廈裏有問題，你們每個人都有責任！」

　　門外聚合了一大群住客。他們看著高洛搓著腰，氣勢洶洶指著王伯大罵。

　　這時另外兩個管理員回來了，看見人群，和聽到吵鬧聲，趕忙把人們撥開，進去聲援王伯：「甚麼事，大清早來吵鬧甚麼！」

　　「梁先生，你回來最好不過了！」高洛很不滿意老梁的態

度，但他還是按捺著：「管理處是否只管收管理費，不管大廈的事情？」接著，他重複地把剛才的事說了一遍。

老梁是這管理員的總管，面對高洛的指責，自知理虧。他只好沉下氣來，企圖把事情平息，說：

「好吧，一會兒清潔工友回來，我馬上叫他們去清理。」

問題似乎解決了。高洛轉身就出去。他剛跨出管理處門口，王伯還是憤憤不平，漏了句：

「哼，交幾個錢管理費，就要這要那的」

高洛在這裏住了雖不很久，但發覺許多問題存在；而那些問題也屬於眾人的，別人不管，管它幹麼呢！但現在王伯的話，恍似在炸藥引線上擦個火星，再難收拾了。高洛馬上返身，回到管理處，瞪著他們：

「幾十塊錢，嘿好大口氣！你們怎麼不回家享福去！」高洛一瞥，望見寫字枱上那本管理費收據，他隨手拿起來，高聲誦讀那項附註：「本費用包括：沖廁用水、走廊電燈照明、電梯保養、大廈清潔……」他把收據簿往桌上一擲，繼續說：「你們算管甚麼？水廁時常沒水，走廊滿是狗屎，樓梯灑滿垃圾，還不止這些——政府雖制水，但六點鐘就供水、你們卻差不多七點鐘才開水制，這算甚麼管理來著？……」

老梁看著問題鬧大了，對他們全無好處，只好唯唯諾諾地把他推送出去。高洛把滿肚子怨屈吐了出來，氣也逐漸平下去。他走到門外，回心一想，覺得問題似乎未實際解決，於是他又走到窗口，把頭伸進去，鄭重地說：

「梁先生，我剛才指出的問題，如不好好解決，那麼你請寫

字樓的總經理來收管理費！」

　　這樣的事件，是大廈入伙以來未有過的。看熱鬧的住客們，望著高洛那高大的背影在街上閃失了，他們還未散去。他們或是交談，或是自言自語地順著高洛揭發的問題，深入發掘下去。他們麻木已久的神經，為高洛的作為灸得鬆弛了！

五

　　高洛往街市打個轉，買了菜，回來時，走廊果然換了新燈膽，狗屎也清掃了。

　　屋子這麼小，如果把門關上，他覺得有如蓋在罐子裏似的；所以只要在家，他都把大門敞開著。這時坐在矮腳板櫈上，直挺的腰靠著牆，平伸著兩隻光腳，吐著煙，透過鐵閘欖形的格子望著門外。他懷念起那被拆掉的小板屋；的確，放工後，坐在門前蕉樹下，映著黃昏的微光，看報，聽收音機，還不時揮動葵扇趕蚊子。比這個石屎匣子似的房間好得多了。

　　正在凝神之際，突然看見走廊上有甚麼閃動；原來是一頭棕白斑雜相間的巴里斯番狗。牠從後梯下來，從門口一閃而過。高洛份外眼明。他當即拿起小板櫈，脫下夏恤，悄悄的從後梯出去，把梯間的防火門關上，從下一層打另一邊的樓梯回到走廊上；果然看見那番狗在背著狗屎習慣地打後面踢著腳。他扣著板櫈下的橫木條，彎著腰，像拿著盾牌的武士，迅速地向狗兒逼過去。牠警覺地對敵人汪汪地吼叫幾下，敵人愈逼愈近，牠把高翹著的尾巴一沉，夾在腿間往回走；不料沒了退路，只好把身子盤縮在一

起，縮起嘴唇，咧著尖齒，繼續狂吠著。高洛把板櫈逼過去，把狗兒頂著，使牠背著牆角直立，動彈不得，牠只能格格地咬著板櫈；高洛把夏恤往牠頭上罩下去，迅速把牠的頭從頸項上包起來。

正在這時，防火門忽然打開了。一個男子出現在高洛跟前。他穿格子紅花睡衣，疏落的頭髮光亮地貼在滑溜的腦門上，鼻端下的一排鬍子像灰黃的衰草，拿著冒煙的短柄煙斗，蹬著拖鞋。

「喂！你打我的狗？」那人冷峻地說。

高洛蹲著，兩手圍握著狗兒的頸項，把牠按在地上。狗兒聽到主人的聲音，隔著布包使勁地掙扎、吠著。

「是你的？」高洛抬起頭望著那人。

「你馬上放了牠！」

「這麼容易！」

「你要把牠怎樣？」

「我要教訓牠一頓！」

「憑甚麼理由！」

「牠在走廊上拉屎！」

「你怎能証明是他？」

「我親眼看見！」

高洛覺得這人在事實面前，還想抵賴，愈發氣惱了。他把兩隻衣袖，繞著狗兒的頸項打個結，提起牠的後腳，一吊，把牠倒提起來。然後嚴厲地說：「哼！沒有花園，學人養狗呢！好，你想牠活著回去，除非馬上把狗屎掃掉！否則——」

那人望著站起來的高洛，像尊黑金剛，自己的頭才頂到他的耳朵下，高洛裸露的雙臂幾乎有自己的小腿那麼粗。

「你這人可算夠惡啦！」他的聲音沒剛才那麼硬了。背轉身去，朝上面叫道：「阿七！」

隨著拖鞋踢躂聲，一個女傭走下來。

「把那些狗屎掃掉！」那人命令道。把煙斗插回嘴裏，狠狠吸幾口，然後指著狗兒，對高洛說：「你還不把牠放掉？」

高洛看著女傭把狗屎清理了，才把狗兒放走。牠馬上挨到主人腳邊，打著哆嗦，汪汪地對高洛吠著。

六

這一天，一同乘電梯的人，忽然耳目一新；原來高洛的頭髮梳理得閃閃發光，像羶滿黑蟻似的鬍子剃光了，淺灰幼紋的白襯衫，黃黑相間的領帶，襯上棕紅的西裝；使他們覺得他平日那粗眉斜眼間蘊含的惡氣消散了。

原來，高洛這天往筲箕灣赴宴。回家時已是夜深。大廈裏等候乘電梯時，已沒有了洶湧的人群。靜悄悄的大堂，只有一個男子在來回地踱著。電梯來時，他隨高洛進了電梯。高洛抬著頭，望著梯門上的指示燈，在快到達的時候，忽然覺得腰間給尖利的東西頂住。他側目一望，那人的小刀在微弱的燈光下閃著寒光。

「幹甚麼？」高洛淡然說。

「錢！」

電梯停著，門開了。那人不及高洛那麼高，可是身材也頗粗壯。高洛看不清他的樣子，但望一眼打肩膊後橫伸過來的手，知道他很夠斤兩。好漢不吃眼前虧，只好從西裝內袋把僅有的幾十

塊錢，掏出來交到那隻手上。那人拍著，用指頭掀弄幾下，說：

「這麼少！」

「都在這兒了！」

「把錶拿來！」

高洛脫下錶，交了給他。

「出去！」那人接過錶，命令道，手也從高洛肩上縮回去了。

高洛跨出一隻腳在門外，另一隻尚踏著電梯。回頭望那個人。他惡狠狠地瞪高洛一眼，刀子也緊逼一些，另一隻手仍握著高洛的錢和手錶。

「還不出去，要送死？」

高洛快速地往旁邊退縮一下，避過了刀鋒，接著一撥，把那隻手緊抓住，往走廊上一拖，那人跟蹌地給扯到電梯門外，門馬上關閉，電梯也落去了。那人迅速站穩，把刀子轉到另一隻手，隨即刺過來，高洛避過，一邊高聲呼叫：

「打劫呀！」

但沒有人開門。

一邊往走廊轉角處退避。他知道那兒走火梯旁邊有滅火筒；他必須也有一件武器才行。那人追逼過去。高洛在盛怒下，隨手抓起個二十多磅的滅火筒，有如提起個紙燈籠似的。迎著那人的小刀，一擋，隨即揮過去，那人只覺手肘一陣麻痺，刀子落在地上。掉頭就走，高洛追過去，那人從走廊另一端的後梯慌忙而逃，高洛把滅火筒使勁擲過去，從背上把那人擊中，滾下幾級樓梯，高洛馬上跳下去，把那人按著，同時連續地高聲呼叫：

「大家快來幫手，我把賊捉住啦！」

七

那人傷了腰骨，在醫院治療了三個星期後，再經過一番審訊，給關到牢裏去了。這件事，應該已結束了。但在大廈裏引起的漣漪，依然未平靜。高洛忽然變了英雄，一些平日少留意這個傳奇人物的住客，都開始懷著好奇心留意著一睹他的風采。但那個高佬，從此不再在大廈裏出現了。

他在離碼頭更遠的山丘上，蓋搭了舒適的新居。

有一天，吃完午飯，坐在門前，一邊聽著播音，一邊開目四望，忽然，有兩個人橫過了快速公路，走到小黃泥路上來。他盯著他們，將近山坡時，他認出來，領前的是碼頭裏的剷車工老劉，他後面的人戴藍帽子，穿制服，腋下夾著公事包——顯然是官府的聽差。

「哼！要來拆我的屋子……」他想。

以前，官府派人通知要拆他的板屋時，那份公文就藏在這類聽差的公事包裏。

「喂，高佬，我給你把人客帶來啦！」老劉老遠看見高洛，揚起手，高聲地說。

高洛站起來，勉強地作出笑容回應一句。

「這是潘督察！」老劉介紹道：「他到碼頭去找你，我把他帶來了。」

「噢，閣下就是高洛先生！」潘督察以敬仰的語氣說，一邊伸出手去。高洛淡漠地握了握，漫不經意地說：「我就是。找到這裏來，有甚麼事？」

「上星期警務署舉行一個集會，表揚協助維持治安有功的市民——」督察打開公文袋，取出一封函件，「曾通知閣下出席領獎，但找你不到；再三打聽，才知道閣下搬到這裏來了。……」

高洛為這意外感到一陣錯愕，噓口氣，接過那封函件，隨即打開來，原來是一紙獎狀。

「嗯，有甚麼值得小題大做，如此隆重呢！」高洛平淡地說，一邊把獎狀套回信封。

任務完成，老劉和來客都告辭了。午間的陽光把四野曬成一片眩目的白亮，高洛看著訪客像兩個黑點子，隱沒在公路的彎角處，他才坐回板櫈上，捏著那封公函，漠然地重複的自語道：

「有甚麼值得小題大做，如此隆重呢！」

一九七八年二月於香港
原載一九七八年九月《星島日報》

同道中人

一

　　在小市鎮吃過晚飯，從小茶館走到寧靜的街上，夜風的清涼，洗滌掉剛才擠悶熱的公共巴士之苦。剛才疲勞得幾乎打著瞌睡把飯團嚥下去；現在，精神一振，頭腦也清醒過來了。

　　夜店雖還亮著燈光，但顧客畢竟很少了。偶然，幾輛運載農產品的單車，悠然地打著叮吟，從身旁擦過去。我慢慢跟著福哥走，一邊東張西望，盡情地享受著那小市鎮帶有一些蒼涼的意趣。不時落在福哥後面，又惟恐掉隊迷途，惶恐地緊跟上去。

　　他香煙一根接一根地抽著，肩上掛著的布袋，裏面裝滿竹筒，不時碰撞得嘓咯嘓咯地響；此外，就是我們擦撻擦撻，不急不忙的腳步聲。

　　「還要走多遠？」我問。

　　小市鎮已遠遠落在後頭了。疏落的燈光在濃黑的夜色中有些晃動，恍似隨時遇風熄滅的燭火。

　　「本來，去雞冠山，半個鐘頭就可到達了。」福哥說，煙火在嘴角閃亮一下。「不過，今晚，我們不要到那邊去了，——」

　　「為甚麼？你前幾天不是說，那裏的蟋蟀多，又夠狠的麼？」

　　「今天早上，聽捉草蜢的王伯說，那裏近月來，時常有盜墳

賊打劫陰司路，所以鄉民和當局都巡得緊。」福哥的聲音有些沙
滯，但卻夠響亮。他燃起一根香煙，然後說：「為免誤會，還是
避開好些。你或許不知道，給鄉下佬碰到了，把你打個半死，才
再講道理！」

我心裏抖一下。但願今晚不要出亂子才好。

在黑夜中，我不曉得走在甚麼地方了。小市鎮的燈光，已遙
遠得不能分辨出來；因為在平遠而空茫的鄉野，只有零散的農家
燈光不規則地發著微亮。

福哥平穩地走著，我卻有些跟蹌。路雖平坦，但天色黯淡，
總不像在市區那樣舉步自如。有時走到小路上，更擔心踩到稻田
中去。

咯咯咯！青蛙在前後叫著；嘰嘓嘰嘓！不知是甚麼東西鳴
叫，聲音短促而尖厲。

「就到了！」福哥指一指遠處幾點燈光，說。

聽說就快到達目的地，精神忽然抖擻起來，心裏也更充滿奇
趣而刺激的感覺，並莫名其妙地有些緊張。

迎面而吹，帶些草青和泥土腥味的晚風，送來燈光閃動處的
犬吠聲由微弱而至尖厲；由疏落而至連聲密吠，我覺到真的要到
達了。

然而，微白的三合土路，從勉強可辨認出來的村莊旁邊，拐
個彎，繞到別處去了。

不一會，濃濃的樹影，把燈光障隔著。原來，我們正爬過一
處矮矮的山坡。一路上，我雖手握電筒，但福哥說過，如勉強可
不開亮，最好還是不要使用；一方面避免鄉民們以為我們在偷塘

魚，也可免引起太多的犬吠。

　　現在，我們既然已遠離了稻田和魚塘區，狗還在吠，但聲音已疏落，納涼的村人，聊天和豪笑的聲音，偶然也還朦朧地傳來。

　　「現在是甚麼地方？福哥！」我一邊問，開亮電筒照射一下身旁的景物；是一些依山勢一片一片開墾成的梯田，有些整理成一畦畦地種著蔬菜甚麼的，有些則是鋪滿一地的青葉蔓藤，那大概是一些地瓜之類的農作物。

　　「這裏是黃茅坑！」福哥簡單地說。

　　「我們就在這裏停下？」

　　這時，四野裏蟋蟀的鳴聲，吱唎唎地此起彼伏，熱鬧得很。

　　「差不多了。」福哥說，「這兒離村舍太近，隨時會有狗兒扯腿子。我們到河那邊的山坡去。」

　　於是，我們繼續前行。山徑逐漸向下斜。如不開亮電筒，我幾乎無法前行。福哥像是長了貓兒眼，步履輕快，我幾乎追不及。

　　一會，淙淙的溪聲在前面傳來，接著可見到微亮的溪水在濃黑的樹叢間，一閃一閃地流動著。我們跨過簡陋的木板橋，沿著或圓或方的石塊砌成的梯路，登上一處山坡，一小片一小片山田，像農舍屋頂上的瓦片。傍著半邊遍植竹樹的山坡，一條細小的泥路，像一根稻草編結的帶子，把那些小塊田地串連起來。

　　「今晚我們就在這裏捉！」福哥說著，換上另一枝煙，然後把肩上的布袋往地上一丟，裏面的竹筒噶咯的碰撞聲，驚起了路邊草叢的小蟲，四下亂飛，有些撲到我的臉上來。

　　這真是奇妙無比的蟋蟀世界。山田間，竹林裏，路邊的草叢中，處處都是唧唎唧唎的蟋蟀鳴叫，把靜夜中的空氣搞得波動、

沸騰起來。

偶然地，有些不知名的野鳥或甚麼動物，以粗獷的喉音，淒厲地呼喚遠處的同類：「嗝——呵呵！」然後，打不知甚麼方向，傳來牠同伴的回答。

「害怕嗎？」

福哥蹲下，在黑暗中問我。

「有一些，」我說，「不過，那是怕黑的感覺。」

說著，我怯怯地在他旁邊蹲下來。

那時候，心中的感覺，真不易恰當的說清楚。說是恐懼，卻又覺得很有刺激；說是奇趣，但心裏有時莫名其妙地抖索幾下。愈是覺得四周神秘和恐怖，心裏就對福哥這種夜鷞似的無畏精神，愈發感到佩服。

二

福哥還不到四十五歲。個子瘦小。膽子這麼大，跟他那排骨突到皮外來的瘦薄胸膛，實在很不成比例。他過的是那麼奇特的生活，使他在我們同樓住客中，顯得格格不入，因而很少與其他住客往來。

我住的房子跟他的相連。他是屋子裏的老住客。我初搬進去時，常於夜半，聽到從他的窗子裏傳來蟋蟀的鳴叫；大清早，就聽到畫眉鳥嘹亮而興奮的吱啾歌唱，本來窗子是對著鄰舍的廚房，卻似住在田野間的小屋，竟然也享受一些自然界的意趣。

有時，我出門上班了，才碰到福哥回來。跟他漸漸熟絡後，

他知道我不嫌他房間的雀鳥動物嘈吵，而且很喜愛，因而邀我進去。他的房間比我的要寬大一些，但竟然無法設置一張固定的牀。因為頭頂上掛著大大小小的鳥籠，地板上疊放著一個個綠色的小陶盆，或是一排排竹筒，裏面養著蟋蟀。

因為我也是吊兒郎當的孤家寡人，跟他很容易無所不談。漸漸地，我便深入到他奇趣的生活境界中去了。

他不是時常捉蟋蟀。每年於端午節前後，他才開始。而且，每捉一次，他就隔兩三個星期才再出動。他把捉回來的蟀兒，逐個的進行淘汰賽。把牠們分為許多級，然後賣予鬥蟋的人。

其中一些特別勇猛好鬥的，往往賣得很高的價錢；有時賣一兩隻，就夠他一兩個月的生活費。當蟋蟀銷得差不多了，他才出門去再捉一批新的回來。

捉蟀時，他就是這麼獨個兒，於夜靜中，走遍各處的荒山野嶺，難得會有個伴兒；那孤獨、寂寞、和隱伏著可能突發的危險，可不是普通人抵受得住的。唯一能調劑他的精神，就是那不間斷的香煙，以及一小瓶竹葉青。

今晚，他還是不例外。看著他把煙蒂放到鞋底壓熄，就從褲袋中把竹葉青取出來，旋開蓋子，遞給我，說：

「喝兩口嗎？」

聞到那辛辣中帶些異香的濃烈酒味，幾乎教我醉倒了。

「我喝不得！」我說，「否則，我要睡在山野裏了。」

「喝一些，不會醉的。」他說，咕嚕咕嚕，竹葉青滾下他的喉嚨去，「在荒山野嶺，喝些酒，可以辟風寒濕氣嘛！」

他把酒瓶蓋好。開始把布筒掏出來，分一個給我，一邊帶著

笑說：

「吶，你拿一個就夠用啦，能裝個半滿，就很好成績了！」

我接過來，用竹節眼上的小繩子，穿繫在腰間皮帶上。接著，他又分給我兩根布帶，叫我仿照他的樣兒，把褲管貼著襪子包紮好。

「這樣，踩著攔路蛇，也不怕給咬著腿！」他說。

當我按照他說的，做完一切預備功夫，這時，風刮得勁起來，把熱鬧的蟋蟀聲吹散了。竹林搖擺，發出浩浩的聲音，在黑夜中，的確使我有些恐慌起來。望一眼夜空，一片灰黑，月光給黃暈圈繞著。

「我們就在這些田間捉，一會才到山後去。」

「可能要下雨了？」我說。情緒有些不安。

他抬頭望一望月亮。

「不要緊，要下，也是小雨！」

三

我跟著福哥背後，學他怎樣捉。他彎著腰，腳步輕得恍似駕風而行，毫無聲息。一邊細聽著蟀鳴。聽準了聲音，知道了蟀兒的所在，突然開亮電筒照射；蟀兒給突如其來的強光弄得頭昏目眩，舞動著觸鬚，茫然地打著轉，福哥拱起手指的手掌像輕巧的罩子，蓋下去，就把牠捉住了。

不一會，他就捉了十幾隻。他一邊捉，一邊指導我如何分辨他們的鳴聲，從而判斷牠們的遠近位置。雖然如此，我只覺得牠

們的叫聲都是一個樣兒，難以從強弱和震音的長短，判準牠們在哪兒。我開始試著，前後左右都是吱咧咧，牠們似在大合唱，無法從混成一片的音響中分別出其個體的所在。只好自以為是地，不停開亮電筒尋找，偶然發現一隻，但牠那麼精靈地，兩三下子就不知跳到甚麼地方去了。

「捉到嗎？」福哥不時地問道。

「還沒有！」

他每問一次，投射過來的電光就離得遠一些。漸漸地，只聽到他輕弱的發問聲，電光卻看不到了；他已轉過山坡去。

我卻變得毫無目的，一邊照射著，一邊用小竹枝撥動野草或地瓜的蔓藤和葉子。一些倒霉的，果然給我捉住了。

不一會，清涼的雨點打到臉上；一陣小雨灑下來，望望天空，陷在暈氣中的月亮，仍在流動的雲後。我還來不及把雨衣披上，雨就停了。但地面已給打濕，光亮所到處，草葉上隨即有晶瑩的水滴閃爍。

雨過後，濃郁的草青味隨風浮起，令人倍覺清涼；蟋蟀們似因此而更精神抖擻，唧咧唧咧，更顯得有勁。不因我跟蹤的腳步聲或電筒光芒的困擾而有所畏縮。我循鳴聲最熱鬧的下坡搜索過去，幾乎隨便放下腳板，就會把牠們踩著。在光亮下，牠們拼命朝黑暗中亂竄，我也陸續地捉到一些了。信心和興趣都愈發高漲起來。

忽然，我四周的蟋聲寂然而滅；牠們恍似得到默契，一齊閉住了嗓門。原來，它們剛才的鳴聲，把其他的蟲聲淹沒了；現在，只剩下一些「噶——喱喱——噶喱喱」的微弱聲響，聽來單調得

很。竹林被風吹著，枝間有尖厲的嘯響，刺人耳鼓。這奇怪的現象，使我非常疑惑，是不是要有甚麼災禍將臨？呆了一下，心裏油然起了強烈的恐怖感。

「福哥，福哥！」

我驚惶的呼聲，在黑夜中顯得尖厲異常。

「小黃，甚麼事呀！」

福哥應著，顯然相距很遠。只聞其聲，卻看不到他的電光。隔了好一會，才遠遠的看到他如豆的電光朝我這裏投射過來。

「所有的蟋蟀，怎麼忽然不叫？靜得很古怪呀！」我說。

這特殊的現象，使他也楞住了。半响後，他的話才在黑暗中穿過來：「嗯，真是呀！小黃，你馬上向有蟀叫的方向走！」

我感到兩腿有些發軟。惶恐地轉著頭，竭力找尋蟀鳴的方向。屏息地聽了一會，才朦朧地聽到坡後的聲音。

我找到竹林邊的泥路，直線地向山坡上走。直到蟋蟀的鳴聲漸近清楚，我的心跳才緩慢下來。這時冷汗已把衣服濕透了。而遠遠地，也看到了福哥那邊的光亮。

我正用電筒向他示意：我已離開了不知有何事要發生的地點。不料，他又提高著嗓子喊過來：

「小黃，我後面的蟀也不叫了。看來，我們快些離開這個山坡。你循現在的路可直下山腳，我從這邊下去，在路口跟你會合。」

顯然，他熟悉這裏一切可走的路。他這麼說，我愈覺驚恐，心亂，腳浮，幾乎走不下去。我想請他等著，讓我到他那邊去。但在電光照耀下，找不出小路，處處都是小樹亂草，走下山去，

總比橫跨這片無路的野地安全快捷些吧！

　　於是，只好喘著氣往下走，兩腿卻愈來愈重，同時又覺到似有甚麼鬼怪在我背後追趕著。幸好，前面還是一片熱鬧的蟀聲。

四

　　我不時稍停住，望望福哥那邊。只見他的手電光忽明忽滅，顯然地，他一邊下山，一邊捉著蟀兒。我發覺我們的橫面距離似在縮短。我和他似走在 Y 字的兩端，順勢而逐漸接近。

　　小路在一些土堆間彎來轉去，因為急於要走出這片充滿恐怖氣氛的山坡，無心去細究那些土堆究竟是甚麼東西。但是，當清風稍歇，一陣奇異的臭氣不知打哪兒傳來。這時，福哥手電的射程，幾乎可到達我旁邊；我們就會合了。就在這時，我忽然給野藤絆倒了，電筒給甩到四五尺遠處去。片刻，神志稍定，才驚叫起來：

　　「福哥！快來，殭屍攔著我的路！」

　　「甚麼？」

　　福哥趕忙奔過來，照亮我跟前的土堆：

　　「哎喲！嗯唉──是一堆新墳！」

　　泥土給掘過，棺木撬開了，屍體暴露了出來。看來下葬才幾天。但頭髮已給野狗拉脫，鼻子嘴唇等大概給野鼠咬掉了，上排牙齒殘缺了兩三個門牙，一隻手搭拉到棺外，腕部給砍斷了。

　　福哥照射一遍後，得出結論地說：

　　「盜墳賊把他洗劫了。」

「嗯，死人有甚麼東西可劫掠呀？」

「他們整去了他的金牙，還有腕上的可能是名貴玉鈪！」福哥說。「我們快些離開這裏！」

跟著他，我頓然覺得安全許多，膽子也壯起來，腳步也穩定了。不一會，我們已離開了那座山崗，走到田野間的三合土路上了。我才泰然的抒一口氣。

「福哥，剛才蟋蟀忽然不叫，究竟將有甚麼事情發生？」想起剛才的情景，不禁帶著餘悸問道。

「這是動物界的自衛現象，」福哥解釋道：「蟋蟀多的地方，蛇必多；因為蟋蟀是蛇的點心。凡是蟋蟀忽然停止鳴叫，必是蛇已出來活動；蟀兒聞到氣味，鑽回土洞去躲避，於是便沒了聲音了。」

我們在一道小石橋上，坐下休息。這時已差不多五點鐘，天就快亮了。遠處的雞鳴，逐漸熱鬧的傳來。雲已凝聚到天邊，一片微明的暗藍，展佈在我們頭上。一些早出林的鳥兒，啁啾著，匆忙地掠過，不知要趕程去哪兒。

「剛才把你嚇個半死了，可是？」福哥說，點上一根香煙；「我勸你不要跟來嘛，你必定很後悔啦？」

「不，當時真有些驚恐；現在想起來，卻覺得很夠刺激。」我說，心情愈來愈輕鬆。

「你捉到蟋蟀麼？」

「捉到一些，」我說著，把竹筒解下來，交給他。他抽開木蓋，用電筒向裏面照一下，把竹筒蓋上，放回布袋裏去。

「總算有點成績。」他打趣著說，「大概有二十隻吧！」

「你呢？」

「也許有百伍十隻吧！」

五

我們沒有打原路回去。繞了一個大彎，沿著小河邊，穿越四周全是養淡水魚的魚塘區，然後踅回公路上。公共汽車還未行走。微明中，幾乎都是疾駛的貨車和單車。後來，我們登上一輛小型巴士，預備回鎮喝過早茶，然後乘公共巴士回家。

小巴在離市鎮約還有兩分鐘路程，就給前面的警察攔住。他們盤問過其他搭客，輪到福哥，警察問他我們在甚麼地方上車的？

「茅坑路口。」

福哥剛回答過，警察就把我們都請下了車，幾個警察馬上分別把住我們左右臂，擁到前面停著的一部警車旁邊。一個身材高大的歐籍督察，走近來，打量我們一下，接著向我們盤問起來：

「你們從哪裏來？」他問，廣東話還算流利達意。

「黃茅嶺！」福哥說。

「你們在那裏做甚麼？」

「捉蟋蟀！」

「捉蟋蟀？你不要說謊話。」督察加重語氣，「有鄉民打電話通知，說你們掘墳墓，偷死人財物！」

「胡說！」福哥毫不畏懼地駁斥道。

「朋友，我請你現在承認了，可免到差館去那麼麻煩！」

「認甚麼？你有甚麼憑據？」福哥理直氣壯地說。

　　「裏面裝著甚麼東西？」督察把話題一轉，指一指福哥的布袋，把七八個竹筒擺在地上。

　　「裏面有甚麼？」

　　「蟋蟀！」

　　「我懷疑不是，」他說著，撿起一個，猶疑一下，拔開木枳子，倒轉來，甩動兩三下。二三十隻蟋蟀馬上四散奔逃著。福哥連忙去捉蟀；接著，兩個警察也彎下腰來，笨手笨腳地追捕著那些逃蟀。

　　「喂，二四六，」督察喚著，指揮著伙計，「快捉住右腳那個，牠就快跳下馬路去啦！」

　　蟋蟀約莫捉回一半，其餘的都逃掉了。

　　這時，一輛銀灰色的轎車，在後面路旁停下來。那督察馬上走過去，似要干涉那司機；他正想說甚麼，忽然，立正，對車裏面的人敬了個禮。接著，拉開了車門，欠了欠身；駕車者下車，督察把門拍上，跟在那人後面，向著福哥走過來。

　　「喂，老黎，是你呀，」那人拍一拍福哥的肩膊，笑著說。接著，看見地上那些竹筒，「嗯？這麼早去捉蟀？」

　　福哥回過頭去，望一望那人，立即高聲地道：

　　「署長！這麼早！你來得正巧；就請你幫個忙吧！我今次真是秀才遇著兵，有理講不清！」

　　「甚麼事？」

　　「我昨夜去黃茅嶺捉蟀，沙展一口咬定我打劫陰司路！」

　　那被稱為署長的人，約莫六十歲。長方臉，額頭光禿。身材由於高大而不覺肥胖。

　　「我的老朋友。沒事了！」署長對督察他們說。

　　督察等三四人，站在一邊，現著一副莫名其妙的表情。

　　「去年鬥蟀，怎麼很少見你？」幸得署長及時解圍，福哥顯得非常開心：「我以為你已退休，移民到外國去了呢！」

　　「去年獵季剛開始，我就調到南區離島，很少有空嘛！但是蟀還是照玩的。喂！昨晚捕捉到猛將麼？留幾隻夠悍的給我呀！」

　　「署長要到，我無論如何給你訓練幾隻長勝將軍！」福哥說，「去年，我養出一隻硃砂頭，螳臂，米仔牙嘿，標準四分五，兇猛無比，逢堅必克，本來是留給你，但總不見你出獵。後來才五百塊錢賣給朱老九！」

　　「哎喲！朱老九的紅衣將軍，原來是你訓練的？」署長頓著足，帶著餘恨想起舊事：「有一次，趁公往九龍，忙裏偷閒一會，準備跟聞名已久的紅衣將軍拼一場，唉！我的黑張飛才過招，就斷牙折臂，輸了三千餅（註）！」

　　署長說罷，看看錶，拉著福哥的手，說，「來，我們回九龍，喝早茶再慢慢談！」接著，向沙展等吩咐一聲：「兄弟，幫幫忙，撿好那些竹筒，送上車來。」

　　我們登上署長的汽車。福哥接過沙展遞回來的布袋。他滿臉狐疑地打量著我們，又對著車子無可奈何地敬一個禮：然後，我們在晨曦中，忘了疲勞和睡意，踏上歸程。

　　註：餅，鬥蟀投注單位，代表若干元。

　　　　　　　　　　　　　　一九七八年七月卅一日完稿

原載《海洋文藝》第六卷第二期，一九七九年二月十日

豆皮婆試劍

一

　　阿彩回到檔口。根記貨車停在不遠的馬路邊。彩媽正在車後，從阿根那兒把菜籮接下來。阿彩趕忙把刀劍往檔口上一放，走過去幫忙。

　　「阿彩，今天回來得這麼早？」彩媽說。

　　「是的，」阿彩漫不經意地回答。把一大捆青葱抱著往檔口走。

　　彩媽從圍裙的口袋摸出錶來，看了一眼——還不到九點。她把錶放回去，揮起手鉤，往菜籮邊扣下去，沙啦啦地把它拖著回檔口去。

　　這時，阿彩已從街喉上打了兩桶水回來。她把鹹水草割斷，一把一把地將乾了水的在桶裏浸。

　　「今天沒學生來麼？」彩媽問。

　　「有的。只是三四個，不多一會兒就教完了。」

　　「其餘的人呢？」

　　「不知道。」阿彩笑著，用小鉗子剪著菜籠上的鐵絲。「已經幾天不來了。」

　　「上星期你說，不是還有十個八個嗎？」

　　阿彩點點頭，用小刀裁著菜心枯白的切口。彩媽摸出個鐵匣子來，屈起拇指一彈，把方形的蓋子掀起，捻起一撮生切絲，用

煙紙捲往嘴一潤，把接口捲成針樣，點上火，一連抽了幾口。

「不要緊，」阿彩不以為然地說，「學功夫，勉強不了。人家不來，換個師傅，那是在情在理的事嘛！」

「道理雖如此，」彩媽把煙蒂往地上一丟，提起腳踩下去，繼續說：「她們跟個別的甚麼師傅，那不要緊。但是，在這個地頭上，豆皮婆的招牌啞了音，還是別的甚麼原因？我們要弄個清楚才好！」

阿彩沒有回答。把浸潤了的菜心，排列成一小把一小把，整齊地排放在菜檔的橫板上。她心裏計算著，本來有十三四個徒弟，但一個月下來，剩下不足一半。

她們去了哪兒？聽說，都跟了梁沾那傢伙了。

二

教授拳擊劍術，並非彩媽與女兒阿彩的本業。母女倆是這街市中招牌最老的茶販。

當一幢一幢二三十層高的大廈，還沒有矗立起來、組成熱鬧的屋邨以前，這裏原是一個落後的山谷。那時，一些古老的金字頂，青磚頭房子，或用鋅鐵皮蓋搭的小屋，散落在間雜著小片小片菜地之間；相隔一條電車路，旁近海那邊，是一些小工廠和舊式樓宇。那時，彩媽就在臨近馬路邊開始賣菜了。

近年，商業區逐漸從西向東發展過來。山谷裏的環境，也改變得面目全非。彩媽和女兒，仍生活在老地方。所不同的是，那時父親仍健在。阿彩尚年少。現在的菜市，這麼熱鬧，攤檔密排

擠擁，都是從彩媽這菜檔兩旁，一檔一檔地發展而成。

那時，日子過得頗悠閒。父母親常帶著年幼的阿彩，到山谷後面，水塘附近的山坡林間晨運，耍拳舞劍，到太陽的金輝，染紅樹梢，才回去開檔。阿彩就是從那時起，跟父母學太極啦、形意啦、八卦掌啦⋯⋯

一晃眼，十五六個年頭過去了。

父親去世後，阿彩還是跟母親，每天大清早就去那水塘區晨運。那時，山林間作運動的人很少。像彩媽母女倆，耍拳弄劍，更不多見。

後來，附近人口急速地增加，大清早到水塘區去散步的人也逐漸增加了。人們每天經過，都見彩媽母女倆在玩功夫，攀談之下，有些人就拜了師，跟彩媽學拳術。

彩媽那時已四十多歲。身材稍矮而瘦削，半邊臉長滿豆皮，被人稱為豆皮婆，在街市中，無人不認識她。日子久了，她受落了人家給她的花號。她也頗樂意於以此為自己的商標。在客觀上，它包含著與街市共同發展的歷史性，在主觀上，它又炫耀著若干光榮感。如遇上與人有甚麼爭論，或開聊得興奮，她往往脫口而出：「有誰不曉得我豆皮婆⋯⋯」

她收了幾個徒弟之後，「豆皮婆」的名字便更響亮。跟她學拳的人，逐漸的多了。她逐個地，每人教一兩個招式，差不多要到九點鐘才教完課。然後才回街市去開檔，對生意不無影響。雖然教徒弟有了相當的收入，但菜檔才是她們生活的根子，無論如何不能使正常的生意受到影響。她不因學生人多，授業便有絲毫馬虎；有時為糾正學生一個招式，比如含胸時，肚皮挺了出來，

她必要學生把肚子收縮進去；或是講授「攬膝拗步」，出擊時手太直，她就要她們反覆地練至放鬆，保持適度的「沉肩墜肘」。

這時，阿彩才十五六歲。她長得頗高大，看上去有如十八九歲的樣子。武藝修習得相當高強。她從旁協助母親；彩媽初時不大放心，安排她教一些新學生，但她不論示範或是指導學生們練習，每一動作的轉移，都非常細緻，學生們都非常佩服。彩媽也覺得阿彩教得著實不錯，便逐漸地把授徒的事，完全移交給她。

三

環繞水塘四周，隨處都是斜坡山丘；蒼翠的樹叢，把草坪分割成一個一個小天地，玩拳的晨運客，置身其間，自成與外界無爭的世界。

近來，水塘區忽然闖來了一位遊方劍客。此人姓梁名沾。四十多歲，高大的身材，顯得有些臃腫。他並非居於就近地區。有一次，他從銅鑼灣天后廟道，沿山漫步，無意地發現這一角新天地。以後，他就大清早乘電車而來。抱著用米黃扣布包好的木刀木劍，逡巡於習藝者之間。遇上一些玩拳者，他就上前搭訕，對方只玩拳、未學過刀劍者，他就展示攜來的刀劍，並且示範，往往很能挑動觀者的興趣。

「吶，初時練習，用木劍，有興趣嘛，再換上不銹鋼的！」他耍過三幾招，便自動地把劍塞到觀眾手上，叫他們試一試。

「試一試，你就知道，舞劍比耍拳更有趣味。」

觀眾接過木劍，必然把玩幾下。交回給梁沾時，總是搖著頭

說：

「謝謝你！我未學過劍，將來再光顧！」

「嗯，不要緊，」梁沾把握住機會：「閣下的拳玩得這麼好，要學劍麼，容易啦！我平常教舞劍，一百三十個招式，一個月就可以學完了；我真不明白，有些師傅，怎麼會拖上幾個月。」

這些話，很容易打動一般急功近利者的心。

「其實，拳擊刀劍，主要是為了興趣和健身而已！不管如何嚴格、認真；除非志在拖長時間，多收幾個月學費，否則，三幾個禮拜，總該學完了。」

「不錯！」許多把刀劍拳擊，只視為娛樂身心的人，會暗自說。

於是，梁沾很容易地便做成生意，又收到徒弟。

四

在水塘區教晨運者習藝健身的師傅們，大都是業餘者，他們不少一般都是隔天授課。每次都是傳授一兩個招式。一套太極拳，就非數月學不完；複習又得花費時間。不夠耐性的人，很容易半途而廢。

師傅不來授課的日子，或教完課，先離去，徒弟們大都仍在老地方自行練習。每碰上這情形，梁沾游說幾句，很容易達到目的。

自從梁沾在這裏闖蕩以後，其他授拳師傅便莫名其妙地散失了徒弟。後來，雖或間接地知道他們改投到梁沾那邊去，但大家

都來去自由，故也不至於引起同業間的磨擦。

　　由於梁沾授刀劍速成，所以三幾個月之間，水塘區的晨運地帶，便忽然變成人人都會舞劍弄刀似的；她們較多是中年婦女。有時，一些師傅授藝完畢，偶然四處閒逛，看見離開才一兩個月的徒弟，竟然舞劍弄刀了，這往往使他吃一驚；在他看來，她們舞弄的招式，一個接一個，看似武藝了得；看清楚，卻滑稽得叫人啞然失笑。

　　許多招式，如「提膝反刺劍」，左腿該挺直而剛勁，她們卻如站在浮沙上一般，搖晃打震；右手握著劍反刺時，有如飲宴席上，盡伸著胳臂夾遠距離的菜餚。總之，整套姿采美妙的劍術，被這些用速成方法訓練成功的人，舞弄得如小丑打諢。

五

　　聞說學生被梁沾吸引過去了，彩媽頗覺氣忿。

　　「所謂佛爭一爐香，人爭一口氣；你以後教不教學生，不成問題。我倒要認識認識，那梁沾是甚麼傢伙！」彩媽說。

　　第二天，彩媽很早就往水塘區去。多年來，她們教學生的地盤，就在通往水塘山徑旁的幾棵老影樹下。她隨便在樹根上坐下，抽著煙，看著晨運的人們過去。偶然，一些老同道經過，他們就揮著手，跟她打個招呼。

　　差不多七點半光景，四五個婦人相繼來到樹下，就逕自練拳或舞劍。彩媽知道她們是阿彩的學生。她留心地看著她們練習著，情不自禁地笑著，頻頻滿意地點著頭。

　　她們差不多練習了一小時，便陸續散去了。

　　忽然，她瞥見梁沾抱著一袋刀劍，慢慢走過來。她雖然不認識他，但她猜想他必然就是梁沾。

　　「阿婆，早晨！」梁沾停下來，把刀劍放下，接著腰，望著以樹枝當劍的彩媽。

　　「早晨！」彩媽說，「先生，你也這麼早來玩功夫麼？」

　　「是呀！阿婆，看來你的劍術不錯呢，不過，最好還是買把劍吧！」梁沾說著，從布包中抽出一把木劍來，塞到彩媽手中，「你試一試這把劍，雖然是木的，但總算是正式一把劍，比樹枝好得多了！」

　　彩媽接過木劍，把弄一下。

　　「手工挺精緻呢！不過，我不會舞劍！」

　　「哪裏的話，你剛才舞了幾個招式，不是很紮實嗎？」

　　「先生，你過獎吧了。以前略學過那麼幾下，現在忽然記起來，隨便舞幾下而已。」

　　「阿婆，你客氣吧了。說真的，你玩得不錯呀！」

　　「這有甚麼用？以前跟師父，就學了那麼幾下，以後沒有繼續。差不多連這麼幾個招式，幾乎也忘了？」

　　「那真可惜！不過，我在前面引水道旁，老松樹下，有幾個學生；她們也正跟我玩著太極劍，有興趣，不妨到那邊一起玩吧？」梁沾說。把木劍接回來，插回布包裏，繼續道：「別的師傅至少四個月才教完，一個月內，我擔保你就學會全套。如仍不會，第二個月我就不再收費──總之，包教會為止！」

　　「啊，這麼好的師傅──」彩媽遲疑一下，隨即欣然地說，

「好，你今天上不上課？我跟你去，先見識見識。」

　　彩媽跟著梁沾，沿著山徑，朝他的地盤走著。經過一些山坡草地，看到一些婦女在舞著劍。

　　「她們就是跟我學的，你看，她們不是舞得很好麼？」梁沾一邊指指點點，介紹著他的成績。彩媽隨便的應著，卻留意地看那些人舞劍，立即明白梁沾是甚麼貨色。

　　「噢！難怪他隨處兜搭，撬走人家的學生！」彩媽暗地裏說。

　　黃泥土的山徑，不覺走到了盡頭。越過引水道上的小石板橋，是一道本來已荒廢的階梯，被晨運的人，經年累月地上落，梯級又泥石渾雜地重現出原來的輪廓。拾級而上，登臨一小片草地，透過松樹，可看到水塘在朝陽下閃著銀白水光。兩三個婦人，已在那裏舞著木劍。打過招呼，梁沾便帶領著她們，複習一遍；接著，便教她們新的招式。

　　彩媽留意地看著。暗自驚嘆：

　　「面皮真厚，四成工夫，竟然夠膽跑江湖！」

　　梁沾剛示範完畢，彩媽就告辭了。

　　「梁師傅，我甚麼時候開始上課？」

　　「她們是二四六上課，就快畢業了。這麼樣吧，最好明天開始。因為有一班剛畢了業，有些新同學，要下星期才開始。」

　　彩媽點點頭。

　　「要不要留一把木劍給你？」

　　彩媽想了想，搖搖頭：「我先生從前玩過劍。明天我帶來，看看合不合用，再作決定吧」！

那兩位婦人，看著彩媽的背影，在梯級上消失，有些愕然地說：「那不是豆皮婆嗎？怎麼也來拜師傅？」

六

這天早上，阿彩提早回去開檔，彩媽趕到那角水塘上的山坡時，梁沾已在那兒了。他在練著劍。那當然是功夫顯盡了，在彩媽看來，也不過五成功而已。她站在松樹下，抽著捲煙，看著他收了劍，然後招呼道：「師傅，早晨！」

梁沾微笑著，走過來，歉然地問道：「我真善忘，——阿婆，你貴姓？」

「我麼，我自己姓董，我先生姓陳；在路口的影樹下教拳的是我女兒阿彩，我呢，有人稱呼我『彩媽』，但更多人——則叫我豆皮婆，師傅，你就叫我『豆皮婆』好了！」

彩媽一口氣的表白，梁沾聽來，先是覺得她頗風趣；想一想，覺得那些稱呼，似曾聽到過，不禁有些發呆。他見識過阿彩的拳術，也看過她如何為學生示範十三劍。又想起那些轉過來跟自己學劍，以及預備下星期來上課的原屬於阿彩的學生。就是沒有見過傳說中的豆皮婆……如今，她卻穿著暗紅格子薄絨衫，炭灰西褲，胸前掛上黑布圍裙，足蹬平底橫帶黑布鞋；頭髮灰白，棕黃的額上，皺紋粗糙，半邊豆皮臉……名副其實的豆皮婆，就在眼前！

「她……這是甚麼意思？」他疑惑地望著她。

彩媽把捲煙踩熄。把橫放在腳前的劍提起來，把包裹著的臘

紙慢慢解開，一把長了銅綠的銅劍展現出來。

「梁師傅，你看這把劍，能不能用？」

梁沾把劍接過去，非常細心地檢視著，握一握把手，敏銳地發覺那些防滑的坑紋，幾乎已磨平了。他馬上可以想像出來，劍主使用它，時間必以十年計！他把劍捧起，刺出，反腕左右豁動幾下，明顯地感覺到使出的勁力，均衡而迅速地傳達劍梢。首次看到這樣的好劍，暗嘆眼福不淺！

「這樣的劍，恐怕難找第二把了！」他由衷地說，把劍交還給彩媽。

彩媽把劍接回手中，想到自從把授徒的擔子交給阿彩以來，彷彿一瞬間，六七個年頭就過去了。從那時起，她就把劍收藏起來，把精神集中到菜檔生意競爭方面去。握著劍，往日在晨光初露的草地上，與老伴兒帶著阿彩舞劍的那些歡樂時光，又飄然地倒流到發著黃綠亮光的劍鋒上來，她忘了身邊的陌生人。

「停了這麼多年，唉，招式的名稱也記不起來了，我懷疑，是否還會舞呢！」她自言自語地說。「不管怎麼樣試一試再說！」

她提起劍，走到草地中央，就舞起來。最細微的動作，也不走樣。不少動作，像她這樣五十多歲年紀的人，應感吃力，但她舞著還是輕鬆得很。看那招「俯身旋轉抹雲劍」，兩腳左右穿插成坐盤，兩腳的趾尖，支著俯貼著大腿上身旋轉，翻著右腕把劍刺出，招式要來細緻中覺得瀟灑，動作的變化交代得清楚伶俐，腰肢勁挺，四肢硬朗。或如「回身提膝扎劍」，左右足屈膝竟能平胸，左手傍著右腕把劍扎出，那氣勢能刺透危岩。這樣外柔內剛，功架結實卻又異常輕靈、沉著、起伏轉折呼應緊密的劍術，

梁沾作夢也沒見到過。他佩服而又覺滿心慚愧。他驚嘆地欣賞著，同時靜悄悄地把劍收拾好。

彩媽渾忘了一切，帶著親切的回憶，舞著，舞著，在一個接一個招式的轉換當中，她似乎看見已故的老伴，像當年那樣在旁欣賞著；當她兩腳並立，左手慢慢下垂旋轉著把劍倒立，做著收勢時，老伴就要讚賞地連聲說：

「好，舞得好！」

現在，那親切的聲音沒有了。四周靜得很。她把劍輕輕按著，右手撩起圍裙，抹一抹額頭上的汗，才猛然醒起要跟梁沾談談授徒學劍的事。

「梁師傅！」她回轉身來，喚一聲。

沒有回聲。她向四周望望。初冬的朝陽眩目，她迎著陽光，半瞇著眼睛，一簇淡黃的、蓬鬆的蘆花，像要鬆散飄離高高的、枯竭葦桿似的，對她搖晃著！

一九七九年七月四日凌晨

原載一九七九年七月廿九日《文匯報・文藝》第二十二期

火辣辣的夏夜

一

在快速公路臨近葵涌的一段，往海灣裏望去，那片從深海中拓展出來的土地，像塊夾板，浮在藍藍的海邊；承載著一大片的紅、黃、藍⋯⋯，集中的、分散的、重疊著，是一個個巨大的貨櫃，砌成一重一重的彩色城牆。一座座白的人字頂房子，被包圍於其中。面向著藍巴勒海峽曲尺形的堤岸上，排列著一座座高大的銅架，形似孩子們以彩色的雪條棒紮成的火箭架。

這就是現代化的貨櫃碼頭，給每個匆忙地過路的人簡單印象。它們蓋著鋼鐵的外皮，你只覺得它們寧靜、無甚生氣；在無貨輪泊岸的日子中，的確如此。如果碼頭邊，有如山的巨型輪船冒著輕煙，那景象可真夠熱鬧、繁忙；貨車匆忙地進出著碼頭，吊車像巨人的臂膀，從貨櫃輪敞開著的大肚子裏，把巨大的貨櫃不費力地提上來、放下去！

憑藉著它們——貨櫃、吊車、快速輸送大量貨物的貨櫃輪，把香港的對外貿易，帶進新紀元。

二

由於本港工商業發達，國內的貨物也常經由貨櫃碼頭，大量地轉運往世界各地，所以貨櫃碼頭雖然規模已不小，但其容積卻

逐漸顯得仍欠理想。

除非是大廠家、大運輸公司，經常與船公司有交易，否則，如你做的是小生意，偶然才付運一批貨物，在貨運較淡的月份，倒容易些，如在七八月間，廠家們都趕著付運聖誕節貨品時，或是臨近春節前的一段日子，許多廠家又為著應付工人的春節假期，提前交貨；這些日子中，是不容易訂到艙位的。因為船公司一般都優先提供艙位予大廠家，多餘的空位，才輪到散戶。

貨輪抵達碼頭，以至載貨離去，往往是短短幾天。指定的落貨時間，甚而只有兩天。如遇著長線貨輪，在一次航行中要停泊十數城市、港口，付貨人必然更多。在有限的收貨時間中，大家都拼命提早擠到碼頭去。

碼頭內，靠著長長的貨倉地臺，有六七十個泊車位。貨車進了關閘，靠近地臺去，搬運工人把貨物搬到地臺上，往往要數十分鐘，甚而一個多小時。

碼頭外，源源而至的貨車，拼成見首不見尾的巨蟒似的，昏頭昏腦地擠在漫長的馬路邊。司機們雖或不相識，但在厭煩、似無止境的等待，不知何時才能輪進閘去的情形下，自然地就交談起來：

「裏面幹甚麼呀？這麼大的公司，賺大錢，為甚麼不增加些人手？」

「唉！人手多，有甚麼用處！你看他們，像上電不足的道友；寫一行字，就擦眼、打阿欠……」

「是呀，那些度尺的，才真夠氣死人，」一個跟車工人，從碼頭裏出來，用濕毛巾揩著身體，插嘴道：「貨物堆得路也沒得

走，嘿，他們總是不見人影！」

這樣的抱怨，在他們幹這行辛苦的職業當中，當然不是頭一趟；下一次，在另一個碼頭中，或許跟另一批陌生同業，還是重複、申述著這一類語言。這實在是他們發洩胸膛裏的積熱的最簡單方法。

三

一輛貨車空著車斗出了閘，填補其車位者，跟車工人開始往地臺上卸貨時，押運貨物的工人，就拼命盡速的往登記處擠，盡伸著胳臂，把儀紙遞到登記員鼻端前去；那些被人群圍在核心裏的職員，筋疲力倦地寫著，抬起頭來，面對著十多隻手，喝問一聲：

「喂，守秩序，輪著——一個一個地，好不好？嘿，現在輪到哪一位？」

「我！」大家提高著嗓門，像合唱。

職員隨便抽去點到鼻端來的一份。他在儀紙背後打上登記的編號，隨手把一大疊儀紙捲起來，塞進一個小鐵筒，然後套進導管裏去，一扳機制，儀紙給輸送到貨倉外邊的寫字樓去。這時，旁邊的導管克拉地一響，一些從寫字樓彈回來，經已處理好的儀紙，給從鐵筒裏拉出來，職員才又沙啞地喊道：

「五十號……五十一號……」

那已等了數十分鐘，甚而一兩個小時的押貨人，接過儀紙，才算辦完第一道手續。他又得盡快地往另一處長櫃枱的人叢中

攢。希望能排到較前的位置去。

這櫃枱屬於度尺公司管轄。但並無固定職員駐守。他們在櫃枱上放一根寫上「請排隊」的長條木枋，那些寄貨人，把辦過第一道手續的傀紙，自然地按先後壓在木枋下，靜待度尺員按次序點名處理。

度尺工作其實也不怎麼輕鬆。如果碰上傀紙的貨物大宗，包裝不統一，往往費大半個鐘頭。所以，押貨人往往因一個位置之差，在這一道手續上，就得花費兩三個小時。傀紙愈積愈多，間中也有志願人員，按次序給編個號碼，作為先後的憑據。當傀紙給排了位置後，押貨人就緊張地守候在櫃枱邊，盯著自己那一份，提防一個不留神，讓人掉換到後面去，或給不講理的人爬在前頭。

四

度尺員雖然有好幾位，在他的工作範圍內，雖不至於偷賴，但總難格外賣力。他每辦理完一份傀紙，走回櫃枱來，拿起最前頭的一份，一看，如是老牌大廠家，倒可以輕鬆地舒一口氣；因為那一批貨物可能用幾輛大貨車運來，一千數百盒，但包裝、重量都有統一的規格。這時，他可以抽根香煙，一邊叫搬運工人抽樣度尺、過磅，本來十分鐘可以辦完的手續，慢慢的拖至半個鐘頭。如果拿著的是運輸公司的，在疲倦地工作了大半夜之後，不由地皺著眉，苦著嘴臉，喊道：

「大城公司！」

押貨員聽到自己的名字，當然精神振奮一下，因為等了大半天，過完這一關，就容易等到收貨，那時才算完成任務，可以回家去睡覺。度尺員跟著貨主走到貨物前，有時的確令人喪氣；因為運輸公司受人托運，客戶可能十數位，貨物的包裝五花八門，大小、輕重不一。必須逐件貨物──長、闊、高，度少一邊也不行，過磅時，有時還得從旁協助把貨物搬上搬落，真是一份工作，加倍氣力。儘管他們在如嶙峋的山岩間爬上爬落，又得小心做紀錄，汗水浸背，但那些圍在櫃枱邊的人呢，卻常煩躁地吵著：

「度尺員幹甚麼？繡花嗎？一張儎紙，做足一晚！」

五

如果一切工序都按理進行，押貨的人儘管似無盡期地等待著，終會輪到自己。但有些人總是不按常理，拿著本應輪在龍尾的一大疊儎紙，跟隨便一個相熟的同業打招呼，就對一切鼓噪、抗議之聲充耳不聞，實行搭單，切入中間。

這一類人通常都擺出一副惡相，至少其外貌也粗人一等，不用發惡，也令人見而遠之。一般人雖感氣憤不平，但都抱著息事寧人的態度，啞忍下來。有時碰上碼頭職員巡至，偶然主持公道，則安然無事。但也有虎狼相遇的時候，事件就會突然複雜起來；這一類事故，似乎較易發生在火辣辣的夏夜。

夏夜，在貨運高潮時，碼頭上，到處都是滿載貨物的貨車。貨倉裏，每一絲空間都給用各種材料包裝的貨物填塞著，麻包的、紙皮箱的、木板的，經過一天烈陽照射，吸足的熱氣，這時

逐漸散發出來。一切通道，都是來來往往的鏟車，發著擾人神經的震音，噴著熱辣辣的廢氣。那些等候登記的人，等候度尺的人，只是一個勁兒地抽煙，煙霧凝結成混雜著汗臭的薄膜，把他們包裹在細小的空間。大家不耐煩地不停揩著汗。

突然，云記貨運公司的伙記牛頸榮，拿著一大疊儎紙來到了。他是常客，認識的同業多，他跟隨便一位打個招呼，找到他的號碼，就把自己的一份夾進去。

「嗬嗬！……」

牛頸榮已聽慣這類聲音，過往的經驗，使他心安理得。他背轉身就離開人群，一會兒拿了兩罐啤酒回來，遞一罐給他的行家。

「阿榮，今晚你必定開通宵啦！」

牛頸榮一望，發覺自己的儎紙差不多給押到龍尾。他吼起來：

「嘿，誰把它放到這兒來？」一邊說，一邊把儎紙拿回原位去。

「喂！你算甚麼？拿開！」突然，有人這樣喝一聲。

說話的人約廿七、八歲。瘦削身材，方臉，左邊的耳朵缺了半片。他穿著長袖波恤，衫腳捲到肚皮上。他來這碼頭付貨原來有頗長的日子，但忽然有兩三年沒再來過；碼頭內外的工作人員，變動很大，只有守閘員阿信伯，尚能依稀記得這個人。以前，人們都叫他阿才，現在因缺了耳而被叫作崩耳才。

上月，崩耳才頭一次再出現碼頭時，他在司機旁邊的坐位上，把入閘紙遞給阿信伯時，笑著道：

「信伯，還認得我嗎？」

　　信伯端詳他一會，終於記起那個人：

　　「喔，是你，喚！記得你。怎麼許久不見了？轉了行麼？」

　　「嗯，能做甚麼？住了兩年花廳，現在重操故業呀！」

　　說完，貨車進了閘。信伯笑一下，以為崩耳才講笑話而已！

六

　　此刻，崩耳才坐在長櫃枱末端的一角。牛頸榮沒料到崩耳才
這一著，有些呆了。以他的身材和氣力，應該不把崩耳才放在眼
內才對。他的顴骨圓圓地突出在薄薄的臉上，眼睛細小，在如倒
寫的八字粗眉襯托下，目光聚成炯炯的焦點，射到別人臉上，予
人陰冷的感覺。他穿著牛仔短褲，光著身子，肌肉結實地使鐵銹
色的皮膚充滿彈力。

　　「為甚麼要拿開？我們是同一批貨物。」牛頸榮說。

　　「狗屁話，」崩耳才說。語氣堅定地透露出爭持到底的決心。
「同一批貨又怎麼樣？」

　　「就一齊度尺！」

　　「好的，那請一齊排到後面去！」

　　崩耳才一手支著臉頰，另一隻手捏著香煙，一副心平氣和的
樣子。牛頸榮本來站在人叢後面，現在人們讓他站到櫃枱邊，與
崩耳才對望著。

　　「老友，你拿不拿到後面去？」崩耳才冷靜地追問。

　　「不拿！看你敢怎麼樣？」

　　這時，崩耳才的夥伴，貨車司機麥廣攜了罐汽水進來，遞給

崩耳才。覺出有些蹊蹺。

「甚麼事？阿才！」麥廣問道。

「這位仁兄不講道理，遲來要先上岸。」

麥廣看著圍在一起的人，大家都屏息地望著他和崩耳才。他希望事情能平和地化解，有待於崩耳才讓一步。於是，和氣地道：「阿才，算吧，無謂做醜人啦！」

「不行。阿廣，我們今天早上七點出門，如讓他在前頭打尖，天光也輪不到我們呀！」

麥廣雖明白這一點，但他仍主張以和為貴。

「吶，你的伙計說得對，有甚麼好爭持的？」牛頸榮振振有詞地說。

「混賬！」崩耳才喝斥一聲，但仍不像動氣的樣子。「你究竟拿不拿開？」

牛頸榮把褲頭上插著的毛巾拔起來，抹著臉上的汗水。崩耳才把香煙吸了兩口，按熄煙蒂，就移走牛頸榮的儀紙。牛頸榮怒氣勃勃地叫喊起來：

「放手！」

崩耳才已把儀紙抽出來了。牛頸榮猛然把崩耳才的手腕按住。崩耳才不溫不火地說：

「老友，放開我的手！」

他瞟牛頸榮一眼，接著，快速地把手掌一轉，反過來把牛頸榮的手一搭，一撥；牛頸榮像觸了電，他的手給彈到櫃枱邊，撞在圍板上。

牛頸榮悻然地把儀紙放到後面去，穹著眉，目光陰沉地盯著

對方說：「好呀，算你有種，等著瞧吧！」

　　這時，長串的鈴聲響起來，是午夜休息的訊號，貨倉、寫字樓等職工換班。那些守在櫃枱邊等候登記、度尺、收貨的人，臉雖然拉得更長，因為他們將多等候一個鐘頭；幸而發生了牛頸榮與崩耳才對立的局面，轉移了注意力，暫時忘記了難耐的等待。大家的精神感到莫名的興奮，注視著事情的發展。許多人常受過牛頸榮無賴作風的苦頭，如今忽然有人挺身給他一點顏色，間接地為大眾抒一口怨氣。大家起先有些擔心崩耳才不是牛頸榮的對手，但看他那樣臨危不亂，堅定的抗拒著，顯出不尋常的威風，這可叫人覺得無須替他擔憂。

　　牛頸榮雖然向來驕橫，主要由於其外貌，稍佔便宜，人們寧可忍讓也不願生事的心理，使他錯覺地以為自己真有攝人的威力。如今，切實地碰到真正的強敵，他不能不有些怯住了。

　　在這樣的環境中，小爭執原是很平常的事，許多爭端也會自然地平息。但今晚牛頸榮對崩耳才的敵視，正是棋逢敵手之局。旁觀者均以不尋常的經驗判斷著它的發展和結局，因此，大家都預料著火辣辣的武鬥場面必將出現。但牛頸榮在最後關頭，忽然迴避了似的，有人頓感失望，有人卻敏感地覺得是危機爆發的前奏。

七

　　凌晨一點鐘。新上班的工人們開始工作。鏟車又嗚嗚地活動著，整個貨倉又開始沸騰起來。

　　崩耳才終於辦完了付貨手續。他點上一根香煙，趿著踩蹋了後踭的布鞋，叭噠叭噠地離去了。

　　麥廣早已把貨車泊在碼頭外的馬路邊。他把提貨單交給麥廣，準備登車離去。這時，牛頸榮突然從旁閃出來。走近崩耳才身邊，充滿敵意地說：

　　「兄弟，剛才你太沙塵，敢當眾落我面子！嘿！」

　　「面子是你自己掉的，怨得誰？」

　　「嘿，竟然還敢揩口彩！你寫過『死』字未？」

　　牛頸榮叉著腰，一隻手頻頻地在崩耳才面前指點著。崩耳才默然地抽著煙，偶然才盯他一眼。看著牛頸榮那隻帶著挑戰性的手，又回腰間去，崩耳才然後說：

　　「你究竟想怎麼辦？」

　　「想怎樣？」牛頸榮額上的青筋現了出來。向崩耳才推出一掌，崩耳才把肩膊輕閃一下，牛頸榮落了空。崩耳才一隻手扣著褲袋，另一手則捏著香煙。

　　崩耳才不慌不忙的悠閒樣子，牛頸榮覺得他並未把自己放在眼內，更增加一分受屈辱的感覺。另一方面，他又認為崩耳才的沉著，實在是懦怯的表現，如不趁機切實地給他一頓教訓，以後出入碼頭，難免要俯仰由人。

　　麥廣唯恐在這最後一刻，鬧出不愉快的局面，所以力勸崩耳才，但他把麥廣推過一邊，說：

　　「阿廣，現在不是我找事鬧，你看見了，他在找麻煩，不讓我透氣呀！」

　　麥廣看著事實的確如此，因而轉過來對牛頸榮說：

「朋友，事情已過去了，何必要這麼認真呢！」

牛頸榮氣冲冲地說：「與你無關的事。這麼勞氣幹甚麼？」

崩耳才意識到對方不會輕易讓自己離去。他突然跨前一步，幾乎撞到牛頸榮的胸膛上，指著牛頸榮，正顏厲色地說：

「老兄，老實說吧，大家都在碼頭找生活，多個行家，好過豎立一個仇人。退一步說，老兄到底皮光肉滑，無謂為幾個錢，太賣命！」

說著，崩耳才兩手往肋骨下，抓住衫腳，徐徐地往上拉——剝下波恤，揩著渾身的汗水。

牛頸榮瞪著崩耳才的動作，暗中驚訝著：崩耳才的臂上紋著一頭蝎子，夾住一把刀。胸前和背後，有著縱橫的刀痕。

阿信伯遠遠地望住他們，估計著情況不妙，趕忙跑過來，要把他們勸住。這時，崩耳才指指那些傷痕，說：

「我才坐了兩年花廳，絕不介意多坐幾年！」

說完，他登上貨車，砰然的帶上了車門。

接著，貨車在青淡的路燈光下，捲著一片如霧的灰塵，疾速地遠去了。牛頸榮才夢醒似的，掏出煙來，深深吸幾口。剛才本來有機會考驗一下自己可真是一位使人敬佩的英雄？但現在一切落空了。他既惱恨崩耳才，同時也憎恨自己。

「牛頸榮，沒事吧？」信伯問。

「沒有甚麼！」

「那算你家山有福！」信伯半開玩笑地說：「你不知道吧？崩耳才前兩年在那邊貨倉外，被三個煞星追斬，他奪了對方的西瓜刀，連把對方三人斬得遍體鱗傷。後來其中一位傷重不治。他

那半邊耳就在那次搏鬥中給削了；後來，他被判自衛誤殺了人，
坐了兩年監，最近才出來！」

「啊？」牛頸榮驚愕地應一聲。身上的汗水加倍地淌出來，
他拿毛巾狠狠地揩著，嚷道：「咦！熱的比火燒還難受啊！」

原載一九八〇年八月六日《星島日報》「星晨版」

夕陽正好

一

潘伯退休了。

其實，三年前，他就該退休了。

在福昌洋紙行工作了三十幾年，跑街送信、協助伕力搬運一疊疊洋紙上落貨車；半生青春，人生最美好的歲月，就這樣年年月月地磨掉了。

三十幾年前，初到紙行上工，紙行規模不大，在灣仔一條橫街佔個小鋪位，寫字樓、貨倉都在一起。沒有甚麼退休制度可言。他曾見過有些同事，如司機王貴，就是至七十高齡，眼矇手腳遲鈍，才自己辭職不幹。

後來紙行業務蒸蒸日上，有了獨立寫字樓，獨立貨倉，送貨車增加了幾輛，九龍有了分號，代理的貨品也漸增加，不限於印書的紙、粉紙，連一卷卷的白報紙也代理，還擴充至代理文具、包裝用品等等，公司的同事也由最初七八個，增加至近百名。完整的人事制度也訂出來了，職工到了六十歲，就要退休。

他前後見過七八個同事，剛到六十歲，拿張退休支票，就離開了公司。

紙行的董事長雖非根據條例退休，但他在六十歲那年，做過七秩開一的大生日，就把實權交給外國歸來的兒子占士；他只掛

個有名無實的虛銜，與實際退休無異。

二

　　占士在外國讀書，在那邊工作幾年，還保持中國人富人情味的品性。今年四十歲左右，在近百職工當中，他最記得潘伯。讀小學時，碰上落雨天，常是潘伯打著雨傘，替他拿書包，接送他上學放學。

　　這段關係，占士相當懷念。所以三年前潘伯已屆退休之年，他表示自己還身強力壯，不想轉行，希望能繼續留在紙行工作一個時期。

　　潘伯身體好。甚少告病假。找個人替他職位很容易，但像他那麼負責、做事勤快而細心，沒誰可及得上。占士就憑他總經理的權力，讓他留下來了。

　　今年，潘伯終於退休了。

　　潘伯無須為晚年生活擔心。兩個兒女：大兒漢良，細女素蘭，都已先後出身，兩人的職業和收入都不錯。其實，看著父親捱了幾十年，早幾年他們就希望他不要再幹下去，在家陪陪老媽，悠閒地過晚年。

三

　　潘伯面對現實。賦閒在家，兩三個月來，日子不覺得怎麼難過。

每天早上，就去酒樓喝早茶，讀幾份報紙，度馬纜，很易消磨了整個上午。回到家裏，不一會就到中午飯。最初，午飯後他總是小睡一會，但至夜晚就難成眠；只好不睡午覺，無聊地陪老婆，看螢幕上那半老女人不停自己吹噓自己，一邊表演煮餸。老婆只看這一個節目。關掉電視，她進廚房去。潘伯就覺得無聊。坐一會，起來，走走停停，不知怎麼樣打發時間。

「去公園吧！」潘太太有時也替他難過，說。

邨口有個小公園，潘伯間中去，在竹樹下的長椅閒坐。有些老街坊，整日流連在那兒，他自己雖至退休之年，跟那些目光呆滯、行動遲緩的老街坊相比，他就不算老；與他們坐在一起，沒話題，淡然無味，倒不如回家與老伙伴對口對面好些。所以，潘伯到公園閒坐了幾天，就提不起勁再去了。

每天就是午飯後晚飯前兩三個小時，潘伯就覺得半世還易過。晚飯時，全家慢慢吃，天南地北拉扯，最快樂；飯後，嘻哈地看一會歡樂今宵，就算過完一天。

四

潘伯幾十年，都是有規律地忙，覺得時間寶貴。如今，一下子有這麼多時間，就如忽然拾到一大袋廢鈔票，不知如何打發掉。但是，老伴卻不然，整天瑣碎地難得清閒半晌。每次從廚房或睡房出來，見潘伯不是背著手在窗前望天，就是在那幾十尺的小客廳踱來踱去。她著實希望他過得快樂，但又幫不了甚麼忙。有一天，吃晚飯時，她忽然想起甚麼，對兒子說：

「阿漢，你返工放工，不是經過雀仔街？」

「是的。」漢良說，「我時時在雀鋪停一會，看看雀仔，很有趣。」

「就是呀，你不如——明天便買個雀仔回來，讓阿爸養，好過日子吧。」

「你傻啦，」潘伯不以為然說，「玩物喪志，幾多事情應做不做，寧願服侍雀仔飲食！」

「阿爸，我覺得阿媽有理，」素蘭說，「養籠雀，帶牠去公園，聽牠唱歌，有些娛樂，就不覺得日子悶啦！」

「阿爸，你可以找朋友聊天，或者打幾圈牌，或者……」漢良還未說完，潘伯就搶著說：

「我當然知道啦。但是，人人都有工作，誰有空這麼無聊，陪你說長道短！」

兩兄妹一想，頗覺有理。以前他們時常勸爸爸別那麼辛苦捱紙行的牛工，倒沒有想到不做工，閒在家裏怎樣打發時間。

素蘭想起有位同學，在鄰邨的社區中心任職。對爸爸提議：「阿爸，隔鄰邨社區中心有個明光耆老小組，時常有節目，如老人旅行、老人象棋賽、耆英健康舞……不如我替你拿張表格，申請入會，參加活動吧……。」

這時，漢良忽然想起一件事，插嘴道：「阿爸，街坊會禮拜六，舉辦新春敬老百歲宴，吃齋又有抽獎，我買兩張餐券，你與阿媽……」

潘伯不待漢良講完，霍地站起來，搖著手掌，說：「唉，我退了休，你們就當我七老八十！嘿，老虎我也打死幾隻！」他噗

的一聲拍打著胸膛，「剛六十出頭，怎算老！龍精虎猛，還有好多事情可做！大家聽著，明天我去見份工……！」

原載一九八七年四月十日《星島日報‧星晨版》

怪茶客

　　每天坐在收銀機前，收款、找贖，早午晚所見的客人，大致都是那一些。或許是視覺麻木了，不會對某一位特別熟絡、留意，所以，對那位少女和老婦，甚麼時候開始成了我們這茶餐店的常客，已無從憶起。有一天早上，她們坐在我櫃枱旁邊的卡位，將到九時，少女起來付賬，對我說：「先生，她是我婆婆。」她回過頭對卡座上的老婦望一眼，向我示意說：「我夠鐘返工，她在此多坐一會，我先付了賬。」

　　我這才對她留意著。她大概廿一歲吧。穿著附近某銀行淡綠色的制服。後來我到銀行去，知道她駐在服務臺，替存款的客人先寫傳票。

　　這以後，除了假期之外，每天早、午、晚三餐，她都和婆婆來光顧。知道了她們的習慣，我便刻意地把櫃枱旁邊的卡座留給她們。日子久了，我對她們有了好奇心。有幾次，我小息到商場上走走，發覺那老婦呆坐在石椅上，目光空茫地注視來往的遊人。她約六十多歲，身軀微彎，精神看似相當好。

　　我們的茶餐店開設在屋邨的商場內。這商場相當大，分上下兩層，有各種各樣的商店，還有寬敞的大堂；有花槽、石椅、和養著錦鯉的噴水池。夏日冷氣清涼，冬天溫暖，是街坊們時常來休憩的好地方。

　　對那少女逐漸熟絡，便有些了解她與老婆婆的關係。老婦原

來是她外婆，倆相依為命。她每天上班必定把婆婆帶到商場來，下班時在茶餐廳吃完晚飯才回家。

有一天，商場忽然人聲鼎沸。並有人跑進餐廳來打電話召救傷車。原來是那老婦人暈倒了。

第二天我到銀行去。順便向少女打聽她婆婆的情況。這才明白是甚麼一回事；她婆婆本來留守家中，料理家務，但隨著年齡的遞增，健康漸出現問題，她有血壓高和輕微心瓣肥大症狀，近來常常會暈眩，曾有幾次她在家暈倒，幸而沒發生問題。有一次較嚴重，婆婆暈死了半天，她下班回家才發覺，送院住了四五天才康復。以後，婆婆便非常害怕獨自在家中。沒有辦法，她唯有把她帶到商場來；因為在這遊人眾多的地方，發生甚麼意外，總會有人替她報警送醫院，及時獲得救治。

劫匪奇遇記

何志方把那個女人的手袋，挾在腋下，讓像雨褸般寬大的外衣遮著，拼命地走。穿過大街，轉進橫街，又從一條暗黑的小巷經過，最後來到這條堆滿雜物的橫巷：沒人來往，他躲進一個樓梯下才停住。

這是殘舊木樓。梯底黑，一絲街燈微光斜射進來。他瞥見有個人，像頭瘟豬般抱頭橫臥在地上，呼嚕嚕地睡著。他不以為意；因為弄清手袋內的財物，馬上就走。他正把手袋拿出來，拉開拉鍊，開始翻內面的東西。突然，他給一隻手從背後往頸項環抱住。那隻手，非常有力，他怎麼也掙不開。但又不敢高聲張叫，斜眼一望，他估計是地下那流浪漢。

「阿芳，」那人聲音低沉地喚著。

何志方一怔，想：他怎麼知道我叫阿方？

「喂，放開我，」何志方低聲說，「你認錯人了。」

「唉，阿芳，我怎麼認錯人呢？」那人說：「你跟我回家啦，我保證以後不入馬場啦……」那人提起瓶子，骨碌骨碌，灌了幾口，濃烈的酒氣噴到何志方臉上。「你不能走啦，我一定要你跟……跟……我回家啦！」

何志方急急地想擺脫那人的手，但像鐵環那麼堅實。

「阿芳，我答應你，以後我出糧……三千銀，全給你……唉，你喝口酒，我們和好吧！」那人把酒瓶對準何志方的嘴就倒；他

雖抗拒，但還是灌了幾口；像一道烈燄從喉嚨直闖進胃裏。

　　「你不是很喜歡我唱那隻〈愛情如鑽石〉嗎？」那人又說：「我許久沒唱過，哎，我現在又唱，獻給你吧，」他喝了兩口，開始學某歌星的腔調唱：「我們相愛在今天呀……我們在天願……」他停一停，又灌何志方喝了兩口，哎，忘記……作甚麼鳥？……」

　　何志方有些暈頭暈腦，隨口答：「啄木鳥嘛……」

　　「呀，是啦，」他又唱：「我們在天就係啄木鳥……在地……」

　　「番荔枝……」何志方隨口說。他已經飄飄然，不知手中的手袋為何物了。他把它掛在肩上，摟著那人的腰。那人搭拉著他，兩人就一歪一撞地離開樓梯底，大聲地合唱起來：「我們相愛在今天呀，我們在天就係啄木鳥呀，呀……我們在地就係番荔枝呀……」

　　他們走到街口，一個女人和兩個警察迎面出現。

　　「就是這個人！」女人指著何志方說。

誘惑

　　臨近下班，李少玲接聽了王愛琴的電話；決定與她們參加「莎麗之友」同赴廣州花都賓館，參觀莎麗的演唱會。請李少玲代購入場券和辦有關手續。並約好，在參觀團出發之前夕，到九龍她們的寓所度宿。

　　她們三人是非常要好的同學。投身社會後，曾有一個時期租一個房間同居。去年，王愛琴的父親在長洲開設一間小菜館，她回去協助店務，才離開她們。

　　她們非常欽佩影歌視紅星莎麗，視她為自己的偶像，甚而是可頂禮膜拜的女神。電視臺 K 九九節目，有次為莎麗作的專題訪問：「我的自傳」，她們錄了影，供日後隨時欣賞。莎麗那鴨蛋形的臉，淡眉直髮，只是額頭上的留海才卷曲的打扮，她們固然模仿，就是莎麗的講話語氣和微笑的方式，更刻意學習。在「自傳」中，莎麗說，在世界上眾生平等，人類不應為飽私慾而殺生，所以她年前已開始食齋。這個博愛，向善的思想，更直接的深入李少珍她們腦中，所以她們也奉行素食。

　　幾天後，王愛琴從長洲到青山道來，已是傍晚，李少玲和張玉英才回家不久。他們買了美女牌啤酒（莎麗最愛的飲品），還買了冬菇，西生菜等，預備弄晚膳。她們料想不到，王愛琴竟攜來了三味艇菜，除了冬菇扒雙蔬之外，尚有一盒京都燒乳鴿，都是她父親加料泡製的。她首先開了那盒素菜，李少玲大呼好味；

及至揭開那盒乳鴿，她和張玉英都瞪大眼睛，同聲驚訝地說：

「啊？乳鴿！阿琴，你……我們吃齋，你……」

「嘿？」王愛琴也驚訝地望著她們：「你們還在吃齋？別那麼傻頭傻腦啦！」

剎那間，她倆幾乎都把王愛琴視為叛徒損友。李少珍嘆口氣，搖搖頭說：「阿琴，對不起，你自己享受啦！」

王愛琴拿起隻鴿頭，一邊說：「傻女，如果與佛有緣，吃齋積善，我非常贊成。但為了莎麗姐而吃齋，就是自欺欺人；她吃齋可能是出於健康的緣故。但是，你們沒有留意嗎，她穿著貂皮大衣，鱷魚皮鞋，手袋，這不等於殺生是甚麼？」她一言點醒了李少玲和張玉英。「你們不吃雞，我佩服你們的意志；如果心中只有阿姐而無佛，則大可不必……」她咬了半邊鴿頭，葛咯葛咯地嚼著，嘴角間溢出的香味，使少玲玉英不停嚥口水。

等待占美

最近遷居，上班便捨電車而搭巴士。每天在寓所附近的巴士站候車時，幾乎都看見那個女人，獨個兒佔著路旁綠色的長木椅。她樣貌不算難看。但頭髮蓬鬆，穿著不合身的連衣裙，又穿著長褲，腳蹬膠拖鞋。只要有誰望她一眼，她便即時點點頭，回報一個露齒的微笑。

有一次，我不用上班。近中午時，到巴士站候車，儘管陽光猛烈，她卻像木頭似的坐在椅上。我從小紙袋掏出罐啤酒來。正拉開蓋掩，她卻快步走過來，伸手向我示意，我只可送了給她。她連喝了幾口，然後看著啤酒罐，嘻嘻地笑著說：「嘻嘻，阿伯牌啤；占美是眼光獨到之人，他最鍾意阿伯牌啤酒！」

我不明白她說甚麼，推測占美，阿伯啤酒與她之間，一定有些關連吧？巴士到來，我趕忙登車。

大約半個月後，幾位同事到我家裏竹戰，共度週末。那天風風雨雨，還掛著八號風球。彼得因家在第一城，便留在我家裏度宿。

次日，下午我們才一起外出。同在巴士站候車。當時候車的人非常多，我們站在馬路邊沿，被密密的人龍隔著，沒有留意那個女人坐在那長椅上。

人群陸續被巴士載走，站頭上只乘下我和彼得。我們只顧閒談，沒有留意到那個女人從旁邊走近來，突然抓住彼得，大聲叫

喊道：

「嘿，占美，我終於找到你啦⋯⋯」

彼得狼狽地望一望她，尷尬地笑一下：「你認錯人了，我不是占美！」說完，猛然掙脫她的手，飛快奔過馬路，跳上一輛小巴逃去。

那個女人先是呆一下，然後麻木地，喃喃地說：「當然啦，不認識我啦！」

第二天在寫字樓，彼得帶著嘆息，解釋昨天的事件：

「我的確認識那個女人。」彼得說：「她很新潮呀，她認為結婚是老土玩意，是男人利用婚約壓迫女人。所以她主張同居，主張試婚。她先後跟兩三個男人同居過，占美是第四個。占美其人有便宜就不怕蝕底。而事實上，她發覺占美才是她真正喜愛的人。但占美父母發覺，竭力反對，便靜靜地把他帶回澳洲去。漸漸，她便落得如此下場！」我為這故事有些唏噓，但對她卻不怎麼同情。

聖誕奇遇拆良緣

公司七八個同事中，阿基人緣甚佳。

他做事從不怕吃虧。有時午間大風大雨，同事們怕出街午膳，很多時候，阿基落街，順便替同事買飯盒。

他負責出口部的雜務：整理貨辦，寄貨，報海關，工作相當勤快。有時，他從街外回來，多少有一些涼果零食，如甘草薑、陳皮、鹹檸檬乾之類；總之是寫字樓裏的小姐們愛吃的東西。他悄悄分一些給兩位小姐，因而甚得她們好感。

他雖然小注賭馬，或打麻雀，從來都適可而止，未曾負過賭債。可算是個行為規矩的人，他今年約卅三、四歲，個子稍矮。小眼睛機靈敏銳，使人一看，就感到是「矮仔多計」那一類型。

他在港已十年多，公司裏沒誰曉得他的家庭狀況。他說他的家鄉在蘭州那邊。相隔千里，他就不像其他同事那樣常常回鄉了。

打字的黃姑娘，見他這麼孤單，曾介紹一位車時裝的女工給他認識；同事們時常開玩笑地問他甚麼時候可以請飲。

「快啦！」阿基總是爽快地答。已兩三年了，卻仍未見他有任何成功的痕迹。

直到幾個月前，同事周正平結婚。席間，同事們自然地又扯到阿基身上。這回，他一本正經地說：「真正快啦。我們將於聖誕結婚。但一切從簡。」

聖誕這天，阿基和準新娘美蓮，在南北酒樓設宴一席，僅宴請公司同事。正說得高興，忽然有位五十多歲的婦人走過來，捉住阿基的臂膀，高興地道：

「阿基，真巧呀，在這兒碰見你。」那女人說。

「呀，表嫂，你甚麼時候來港？」阿基大感意外，有些他鄉遇故人的興奮。

「我參加香港雙週旅行團，昨日抵埗，還有十幾日在這兒玩。啊，你老婆囑我，如見到你，請你無論如何回家一趟呢。」婦人完全沒理會他人：「你的孩子要讀小學。……」

阿基雖盡量打岔，但還是說了這番話。美蓮很勉強從他們帶有濃厚鄉音的普通話中明白內容。她一聲不響，片刻後，她借故去洗手間，卻去找著那旅行團，向那婦人打聽清楚一切。回來時，她不多說甚麼，用力地摑阿基的臉，說：

「阿基，我們一拍兩散！」說完，頭也不回，走了。

巨獎的誘惑

爸爸自從退休後，最初一個月，呆在家裏，坐立不寧，似乎漫漫長日，不知如何度過。後來，他常到附近的公園去，與常在那裏閒坐的人，相處漸熟。在那些年紀相若的閒人中，他們有共同的話題；就是天南地北，無所不談。其中有一兩位，據說對風水命理，頗有心得。爸爸本來對這方面一竅不通，但跟他們相處，又向他們借些有關的書籍消閒閱讀，居然也使我們一家圍在一起吃晚飯時，多了許多有趣的話題和故事。還不止這樣，他後來居然還買了個羅盤，每星期跟同大夥去新界遊山玩水，尋龍脈。他的日子過得快樂，我們全家都開心。

他有個習慣，平常總是買一注六合彩；在這方面的固定開支每月不超過廿元。雖然時常只中一兩個號碼，但他卻心安理得。但有一次，他忽然花了百元，買了五十注；原來，朋友當中一位給他看掌紋，觀氣色，認為他「山根」明亮，有機會發財；如何發財，那人當然也不知道。爸爸想前想後，除了買多幾注六合彩，別無機會。

果然他中了個二獎，得到十四萬元彩金。此後，他依然保持每次投一注。絕不貪心，經此一役，爸爸對風水命理就更投入了。

最近，多寶彩金逾二千萬元。爸爸似乎有靈感，跟我們商量，搏它一搏。投注那天，收音機說，彩金近五千萬，有人擬以數百萬元之投注，實行大包圍。爸爸因此欲拿十萬元，可投五萬注，

機會就很大。「這筆錢，原是馬會的，輸了，就當還給它，我賺了利息，還有盈餘。贏了，注定我要發大財。」爸爸說，我們也覺得有理。於是那天天早上，他拿羅盤算過方位，認為財神於當天某個時辰會巡經某區，吩咐我們三兄弟分別到該區的投注站去買彩。我揀了一處投注站，跟著人龍，輪到我時，我把三十幾張金牛塞進櫃枱，說全買五注一張的單式電腦票；售票員算一算，有些吃驚──二千幾張；這樣，我站在窗前耐心地，等了一個多鐘頭，然後用旅行袋裝滿，回家去。集齊大哥和二哥帶回來的，共一萬張──五萬注。

　　當晚，公布投注結果近六千萬元。九點鐘，看完電視上攪珠的號碼，我用咭紙把它寫好，貼在牆上。接著，媽咪替我們冲好奶茶咖啡，我們就把萬張彩票放在桌上，分頭對；對呀，對！看得我們眼也發矇了；對到天亮，才對完，當然不少注中彩，都是三獎，連同其他中四個號碼可收一百元的共得彩金十萬零一百元！

本色

　　宋大任剛踏進寫字樓，秘書告訴他，他太太找他有非常緊急的事，她現在家等著他的電話。電話接通。宋大任一聽，臉色也大變。只說了句：「立即到媽咪家裏商量。」媽咪，就是他外母。是家庭會議的最秘密地點。任何記者都不知道他這唯一秘密場所。太太在十分鐘後也抵達了。夫妻商量的結果，除了秘密報警之外，兩人分頭依計行事。太太回家等候匪黨消息。宋大任回寫字樓，約見了一間娛樂報刊的記者：聲明那是絕對秘密的消息，只許該記者一人會見。

　　第二天，該報果然頭版特大號報導：大製片家，大導演宋大任，要跟他的金牛影后太太方菁菁離婚。因為只是簡單報導，內情不詳。這天所有各報記者都死守著宋家，企圖訪問方菁菁。等至黃昏，才見方菁菁的汽車回來：記者們蜂湧上前，卻只見守口如瓶的女傭人桂姐自個兒下車。記者們左問右問，她才漏一口：宋先生昨晚跟太太打架，宋太現在某私家醫院休養。

　　這時候，宋太卻在家裏接聽一個電話，她哭哭啼啼地向對方說：「嘿，你們只要一百萬嗎？你向阿宋討好了。我跟他離婚了，茜茜麼？跟我？不是等如帶個油瓶女？……哈哈，我就送給你們好啦……」

　　一會，宋大任在電話中跟對方說：「要一百萬還是要茜茜？笑話啦！當然是要錢啦！那孽種，誰曉得她跟誰生的？我們一拍

兩散，還貼錢買難受嗎？幾難才等到這個機會甩掉，哈哈……，
你們向阿菁交易好啦！」

大製片家跟影后鬧離婚的消息，全城沸騰了。一間電視臺的
記者，還偷攝到方菁青頭裏繃帶，在家居窗口出現的鏡頭。據說，
她現已委託律師入稟法院，控告宋大任毆打，虐待，要索償一百
萬。而宋大任呢，也說託律師控告影后，告她不負責任，與人通
姦……

幾天後，才有記者問及宋大任，女兒茜茜如何安置？歸誰撫
養？他說堅決不要；有記者以同樣問題在電話中訪問影后，她也
如此表示，總之，茜茜成了人球。

這樣，離婚問題繼續成為刊物的熱鬧新聞。另一方面警方也
加緊廣佈線眼。匪徒每次電話討價還價，對方硬是要錢不要人；
並感謝他們替自己負起照顧茜茜的責任。這樣，有一天幼稚園打
電話給大任，茜茜今早被發現在學校門外，現在在學校裏等著他
來接回家！

神遊世界

　　初到這間公司工作，十餘位同事當中，雜工桂叔最令我覺得有趣。他約六十歲，身材瘦，頭髮灰白，應該戴眼鏡而不戴，視物看人，常把眼睛瞇成縫兒。晚飯時，他愛飲一小杯酒。但從不醉倒。酒入肚腸，卻談興大發。天南地北，滔滔不停。

　　有一天晚飯時，負責進口凍肉的同事方明談起他要放大假，欲到歐洲旅遊。問桂叔有甚麼好介紹。

　　「你心目中，想到哪個地區？英國，法國或歐洲……？」

　　「葡萄牙，」方明說：「我姨母住在里斯本，可趁便探探她。」

　　「是的，南歐很不錯，」桂叔說：「既然有親戚在那邊，可無須參加旅行團。像你這麼年輕，揹個背囊跑天下，既經濟又無拘束，最好不過了。」接著，桂叔講了不少南歐國家一些地區名勝風光，歷歷在目。不只這樣，他還指點方明，到里斯本，可無須住昂貴的酒店，住青年旅舍經濟實惠。「在阿波隆尼亞車站。有代訂房間服務，不收手續費，或者自行到市中心，近羅斯奧廣場附近，也很容易找到。」

　　桂叔對里斯本的衣食住行，瞭如指掌，他又告訴方明怎樣找自助餐店，免付小眼。「最緊要多備輔幣」，桂叔說·「那些國家的廁所，大都要收費；臨時缺乏散銀，你就有急無法解決。」

　　我雖沒有想到出遠門旅遊，聽桂叔所講一事一物，都為經驗

之談，也頗為有趣。不只歐美不少國家地區，近如東南亞，或國內近年的許多旅遊點，他都非常熟悉。我懷疑他年青時可能從軍或當海員，跑遍天下，有那麼多經驗。

　　有一個週末，我留在公司等太太電話。同事已離去，桂叔在收拾地方。我有機會跟他閒談。問起他的旅遊生活。他笑道：「我哪裏環遊世界？年青時的確想行船遊過世界，但走了一水船去婆羅洲，暈浪無法支持。只可放棄。我的確醉心於各地風光。後來便一直愛讀旅遊文章，看畫報；尤其是近年，電視常有各地風光紀錄片；當真是無須出門可知天下事。當然，無錢去旅行，讀書看電視，欠缺現場樂趣和真實感。但我的精神也可遊遍全世界，滿足了求知慾，實在也其樂無窮。」

沒有休止符的哀歌

一

清早下大雨。我從地鐵站出來，擠在人牆後面，雨聲如篩豆，沙——沙的聲響頗刺耳。灰濛濛的天空，半個小時內，大雨不會停吧？從一根根濕褲管一隻隻濕鞋子的間隙望見街上的淌水如小河。還差十分鐘才七時半。無奈地等雨停下來。雨終於小了一些。人群陸續散去。這時已七時半，我打著傘急促地上班去。這是我第一天在這茶餐廳上班。已遲到了七八分鐘。桂嬸替我接過濕傘。我坐到枱後。餐廳裏冷清清，只在靠近櫃枱旁邊的方桌，有位老婦人，我一邊用手帕清抹衣褲上的水，一邊向那老婦人打個招呼，因為她一直在望著我。

「早晨，阿婆！」

她回應了一聲，呷了口清茶。這時桂嬸從水吧端了杯奶茶給她。接著也坐下。我才發覺，除了清潔打雜的桂嬸，和水吧的燦哥之外，兩位樓面伙記尚未回來。

老婦加了糖，慢慢攪著奶茶，又抬起頭望著我，問：「先生，你新來的？」

我點點頭，禁不住為她的好奇心而笑起來，答道：「你怎麼知道？」

「怎會不知道呀？」她也笑著說：「我日日來飲早茶，而且

必定坐這張桌子。」

「你這麼捧場,我們老闆必然很多謝你!」

「多謝我?可不敢當!但是梁老闆好人事,好講好笑;往時,若果王先生放假,他坐櫃面,跟我甚麼都傾談呀!」

桂嬸聽到燦哥按鈴,往水吧把一碟奶油多拿來。老婦人很慢地吃著。每咬一口,咀嚼好一會。桂嬸不待老婦人要求,拿了個小膠袋,把另半片奶油多包裝起來。拴緊口袋,放在那藍色的碟上。

「今早這麼大雨,有些街道水浸了,陸伯沒開檔吧?」桂嬸說。

「我叫他多睡一會。但是他不聽老婆的話。他說,坐在天橋上好過躺在牀上,真拿他沒法呀!」老婦人說。「我叫他來喝茶,待停了雨才開檔,他怎會聽我說!」她說,現著關懷和無奈的樣子。她喝口奶茶,但諒解他,為他有些難過;「也難怪呀!他說,就算遲半天開檔,也要一早坐在那兒;不然,位置給人佔了,沒一天皮費,誰可憐呢!」

兩位樓面伙記回來了,接著也陸續有客人進來。桂嬸也到裏面忙別的工作去。

「先生,幾點鐘?」老婦人問。她已喝完了奶茶,把清茶倒過去,加了一茶匙沙糖,攪著,攪著。

「八點鐘。」

她站起來,不待伙記寫單,就到櫃枱來,放下十元,向我道別。我算一算:奶茶六元,油多四元,不多不少。

老婦人剛離去,桂嬸從廚房出來,坐在剛才的位子上。我

翻開報紙，已不關心那老婦人的故事了。桂嬸或以為我仍在期待著，把另外一些情節接續起來：

「剛才這位陸嫂，可算是我們的長客啦！發記茶餐廳開張三年幾，她幾乎每天都來光顧，這個位子她坐慣了。」

桂嬸說，她與剛才的老婦人陸嫂本是街坊鄰里，同住在附近一屋邨。

「陸伯就是她的老公。」桂嬸說，「就在同善里那邊的天橋上擺檔賣男人內衣褲；講起來，那天橋，每早上的攤檔成行成市，當初，是陸伯最早在那兒擺檔的。他公婆倆，一早就出門，陸伯去開檔，陸嫂就來這裏飲杯茶；不是要一件蛋治就是奶油多，她吃一半，另一半包起來帶給陸伯，她然後返工。」

二

桂嬸掀開了老婦人陸嫂故事的第一章，在每天川流不息的茶客當中，我就刻意地關注她的來去。

此後她每天如常地是我們第一位客人，總是坐在慣慣的座位上。喝一杯奶茶，吃半片奶油多或蛋治，包起另一半給老伴做早點。有時，她偶然找到話題跟我聊幾句；桂嬸將裏面的工作忙過一個段落後，常到外面來跟陸嫂閒談。

我忙於收錢、找贖，較少留意老婦人的動靜。她經常都是靜靜坐著，慢慢咀嚼早點，就像老牛反芻那樣，合上嘴唇，只見下巴輕輕地、機械地牽動著。

「陸嫂，桂嬸這樣稱呼你？吃半片麵包夠飽吧？」

「先生，我不像你們呀。我今年七十二歲，半邊油多已飽足半天了。」她說，「不用說像你這般年輕，就是前幾年，一個早餐有牛油麵包啦、煎雙蛋啦，火腿通粉啦……我可全吃下。現在人老了，肚皮也收縮了，吃多一點東西受不了。」

「你今年七十二歲？不像呀！」我說，「我以為你才六十歲呢！」

陸嫂像我慣見的勤勞老婦人那樣，身材矮矮，背微駝。臉形扁圓，可以想見她年青時必然是圓圓的臉和大眼睛；如今她缺了牙齒支撐，下巴也收縮了。兩瞳淡灰，眼白泛黃，沒有了黑白分明的豔光，但眼神還是清朗而富有活力。

「哈哈，先生，你像梁老闆一樣，真會討人歡喜呀！」她顯得很高興。

「你的頭髮這麼黑，用甚麼牌子染髮水？」

「我哪染過髮？唉，像我這勞碌命，日日在太陽下，人也曬得變成炭，就算有些白頭髮，曬著曬著——也就變黑了！」

這時候我要收錢，未曾留意她的話；她離去後，我再想起來，倒想知道她究竟幹甚麼工作的？還是桂嬸提供了答案。

三

陸嫂原來在酒樓洗碗碟。下午四點鐘收工了。酒樓門邊的福記報紙檔老闆陳福夫婦倆，夜半工作至下午後，由他母親接手掌檔；後來她身故了，陳福想起陸嫂，請她兼職。陸嫂曾有幾年每天在酒樓收工後，除下圍裙、膠手套和膠鞋，就坐在報紙檔前。

因為是下午，西斜的陽光照射，她初時有如背著熨斗那麼難受，但後來她也慢慢地習慣了。難怪她說，就算有白髮，在烈日酷曬下也要變黑了。

去年，陳福把報攤頂給別人。陸嫂才沒有再兼職。

我的工作很平淡。每天面對的幾乎都是熟面孔。在上班的第一天，就預計著，沒有興趣久坐櫃枱後這張高腳櫈。但結果，過了春天又夏天，我仍坐在這兒。

這些日子中，陸嫂就像腳跟裝嵌了電子鐘，每天都準時坐在我面前。因為每日相對半個小時，又無甚麼話題，她偶然也說幾句瑣碎的小事，但都引不起我的興趣。所以我儘是為了禮貌而隨便敷衍一兩句，然而她卻覺得很滿足，似乎不覺得我的答訕平淡，相反深信我說的都是推心置腹的話。這反而常使我有些內疚，不該毫無誠意的、冷淡地對待久歷風霜，但仍然純樸的心。我對這個人也不無好奇心；除了桂嬸話中知道過一些的生活段片之外，我實在很想了解她多一些；比如她與老伴陸叔相廝守之外，家中還有些甚麼人？是否有兒女？他們是否孝敬父母？在隨便一次閒聊我都可輕易獲得答案；但回心一想：人家的私事，與你何干？

四

夏天過去了。我仍如常地每天早上就坐在櫃枱後面的高櫈上。但是陸嫂的行蹤，忽然引起我關注。她偶然有時一連三四天沒有來喝茶；但後來又如常坐在那座位上，我忙著時她就默默地

喝茶吃早點，然後起來放下十塊錢給我，帶著餘下的早點離去。大概一個星期左右，又不見她出現。

正當陸嫂從我的記憶中淡出，這一天她又忽然來喝茶；時間卻是接近中午。人也變了樣子：黑黑的頭髮塗過油，梳理得齊整而貼服，發著柔潤亮光，在繞過耳畔的髮腳，夾上一片纏了紅繩的柏葉。

「阿婆，近來很少見你呀！」我說，指一指她夾著的柏葉：「娶媳婦？」

「是呀！」她滿臉笑容。「我們的兒子阿強返鄉娶老婆；我前兩天陪他返鄉過大禮給女家，昨晚才回來。」

「恭喜你啊！」

「但是，對不起，阿強下個月在鄉下結婚，不在港擺酒，不請你們飲酒啦！」她說，呈滿臉喜孜孜的神色，語氣的確有些歉意。

「噢，不要緊。」我說，「你開心就好了，飲多杯呀！……你見過媳婦啦，一定很漂亮、賢淑吧！」

「上兩個月，你不見我來飲早茶，就是陪阿強返鄉揀新娘呀，那人家介紹七八個姑娘，阿強最後選這個，我也曾幫眼……」她神采飛揚，但她覺得最大的喜悅，在於放下了無比沉重的責任似的，說：「唉，劉先生，他揀中的姑娘可真漂亮呀！我真擔心沒女子肯嫁給他；以為他無福娶老婆，哈，總算祖先庇佑呀！」

我沒有見過她的兒子。甚至也不知道她原來有位四十幾歲才成家立室的兒子，在此地出生和成長，一直都找不到結婚對象，最後像許多「返鄉下娶老婆」的超齡男人一樣，藉懸殊的條件才能達到目的。

五

　　陸嫂差不多兩個月沒有出現。為兒子完婚，是她此生中最後的心願。哪裏有閒暇來喝茶呢？每逢下雨的早上，茶餐廳生意清淡，跟桂嬸閒聊，倒是懷念那風雨如常到來的老婦人，沒有其他客人，現場缺少了她，總有些寂寞的感覺。她經常坐的座位，讓桂嬸坐下來，閒話當中難免扯到老婦人身上。我忽然想起她的兒子，問桂嬸：

　　「陸嫂忙於辦喜事，難得再來喝茶了。」我說：「你見過她的兒子嗎？」

　　「我們同邨居住不同座數，但也常常見面。」桂嬸無須思索，清楚地描述了老婦人的人生經歷。

　　「阿強是他們的獨子，」桂嬸說，一邊起來，模擬一些阿強行走的動作：「他出世就有些缺陷，左腳掌向內彎曲，行走時一拐一拐，但樣貌還算端正。唉，他讀小學六級，就快升中學，發高燒；把腦筋燒壞了，此後就成了小半個白痴。可幸智力雖遲鈍些少，並未如廢人。」

　　兒子的病變，對陸叔夫妻倆是沉重的打擊，阿強雖然不能像健全的人那樣工作、生活，幸而無須父母終生照顧。他在一些連鎖式快餐店做收拾桌椅、簡單的清潔工作，薪金雖微，尚可算獨立謀生。

　　陸叔夫婦隨著逐漸老邁，看著阿強也由少年、青年而踏入中年，生活的疲累，使他過早顯現老態。尤其令他們常耿耿於懷的，是那個艱難的年代，夫妻倆的知識也貧乏，阿強生病，未能好好照顧，成為半殘障。陸叔和老伴幾十年來，都覺得非常內疚。而

今，兩老傾畢生胼手胝足的積蓄，助阿強回鄉結婚，總算是對兒子的補償

「陸嫂說，娶媳婦花了十幾萬元。」桂嬸說。

港人返鄉娶妻的事，時有所聞，但不是親友的經歷，就不那麼關心。所知者這類婚姻，近似買賣，是大同小異的故事。老婦人為兒子娶妻花大筆金錢使我關心，因為她是的顧客，也算是街坊朋友。

「陸叔兩老，帶阿強返鄉招親，帶回來的照片，鄰村那位姑娘，名叫彩珠，樣貌很好。」桂嬸說她不懂得形容彩珠的美貌；想了想，說她像最近一家電視臺選美勝出的其中某位小姐。

「陸嫂告訴我，女方家長倒不像獅子大開口那類人，」桂嬸說：「他只要十萬元，將屋子加高一層，作為阿強與彩珠的新居。他們覺得也很合情理。陸叔娶這個媳婦，真正又平又靚啊！」

桂嬸講完這段故事，我們都笑起來。我們估計著阿強應該迎娶了彩珠，建立了家庭，開始幸福的生活；而陸叔倆老，陞任老爺、奶奶，從此可卸下纏繞了他們幾十年的罪孽感。

忽然，多時不見的老婦，蹣跚地走進來。

「陸嫂！」桂嬸驚訝地說。

老婦有異於平常的樣子。她稀薄而蓬鬆的頭髮，兩月不見，全變得花白。步履緩慢，每一舉步，費很大氣力。灰暗的眼白，泛著紅絲，陷進乾澀的眼框內。吃力地提著旅行袋。

她坐下，喘氣片刻。對伙計說：

「今天我要吃火腿通心粉。」

「陸嫂，回鄉探媳婦嗎？」桂嬸問。

「唉！」老婦呆滯地望著桂婦。「唉！那些黑心鬼……」
她按著胸口，氣息急促。

「他們騙了阿強，串同騙了我們十幾萬元……」

我雖不明白她詛咒的是甚麼人，也未待她講明真相，我心裏早已明白是甚麼一回事。

「阿強過大禮時，講好下月十五就結婚，」陸嫂喝口茶，平靜下來，繼續訴說阿強的遭遇。「上星期，老爸和阿強回鄉，欲看看新屋完工未？以及買些甚麼傢俬、用具……」說著，她又動氣，哽咽起來。斷續地，她終於講完了陸叔父子倆的事。

六

陸叔帶同阿強返回鄉間，急忙地前往鄰付探候親家及媳婦，更主要的是看看兒子和媳婦的新居建成甚麼樣子。

但是親家並沒有迎接他們。前月他們議論好如何改建的屋子，仍是老樣子，牢牢地鎖上門。

父子倆預感到踩進了陷阱。

上屋門口坐著一個男人，他正垂著頭吸水煙。陸叔走過去，不待那個男人把煙抽完，急忙地問：「阿叔，下屋的羅天佑，你知道他去了甚麼地方嗎？」

男人不待煙絲燒盡，噴熄了，抬起頭來望望陸叔父子倆。他記得曾見過他們；月前羅家為彩珠受禮時，隔擠熱鬧的人群中，他從田裏回家，繞經羅家，跟他們碰過照面。

「他們不在這裏住了。」鄰人說。

「你是說，他們搬家了？」

那男子點點頭。往水煙管塞上一撮煙絲，點著，咕嚕咕嚕的抽了幾口。抬起頭來好奇地望著陸叔父子倆，說：「上月初，他們把屋子賣了，搬到廣州去。」

陸叔轉過身呆呆地望著那屋子。四肢突然輕微地顫動起來，乏力地蹲下。阿強拿過來一張矮板櫈，讓老爸坐下。

「老伯，你從哪裏來？你有要緊事情要見他嗎？」那男子覺到有些躊躇；雖然與羅天佑為鄰，畢竟一家不知另一家事。看著陸叔父子倆，他想，他們是否需要一些幫忙？

「阿強，我們走吧，明日再打算。」陸叔沒有回答那男子。吃力地支撐起來，摟著阿強的肩膊，慢慢地離去。

阿強默然的伴著老爸。他已年過四十，童年一場病變的後遺症，雖然毀了他大半思考能力，也使他像銹蝕了的機械玩偶，行動遲緩，幸而還明白一點點事理。他還記得上次來這裏，見著漂亮的彩珠，對老爸老媽說他喜歡她；人的動物本能，也使他模糊地明白將與一個陌生的姑娘在一起是甚麼回事。他平淡的人生歷程中，飄起這個小小浪花，滋潤過那枯寂的心，引起過剎那而奇異的喜悅。回到香港，重投在單調的工作中，日日拿著毛巾揩揩抹抹桌椅，清理客人堆在膠盤裏的紙盒、紙巾、炸薯條之類的廢物，消磨掉一天一天悠長時光，也消磨了被父母挑動起來、短暫地發作過的情懷。今次隨老爸再來，前景雖然模糊地浮現，並不怎麼心動。沒有見著曾一度牽動他那枯木一般的心的彩珠姑娘，有些失落感，但沒有傷心、除了顯得痴呆些，神態並不特別奇異。他模糊地感到老爸不開心，但他不大清楚當中的細節。跟隨老爸

默默的返回一位叔父家裏去。

　　陸叔想起住在鎮裏的疏堂表弟胡家義，翌日清早，就帶同阿強前往他那兒打聽羅天佑的蹤跡，因為他當日為阿強牽線說媒，現應知道羅天佑的行縱。

　　這早上胡家義正在修理單車，忽見陸叔父子倆出現面前，有些驚惶，但很快冷靜下來。笑著對阿強說：

　　「阿強，就快做新郎啦？」

　　阿強對著他木然地動一動嘴唇，沒說甚麼。倒是陸叔則有些兒動氣的說：

　　「家義，我們回來看看屋子怎麼樣，也順便商量一下阿強的親事，唉！誰知道羅天佑那黑心鬼……」

　　胡家義聞言頗覺意外。不明甚麼事故。

　　「你說羅天佑怎麼樣？」他拿過椅子讓陸叔父子坐下。

　　「他沒有像當日所講，拿我們作聘禮的十幾萬元修建屋子……他賣了屋，全家逃去了……」

　　胡家義倒沒有想到羅天佑這麼辦。他自從做媒成功，過大禮那日喝過女家一杯喜酒之後，就沒有見過羅天佑。他也聽說羅天佑遷居城裏，內情如何他倒沒過問。

　　他竭力表明不知道羅天佑的事。為表清白，他毫不猶疑地說：「我不大清楚他正確的地址，我們不妨去城裏他住處附近看看，說不定可以打聽到他的行蹤。」

　　他招來一部「麵包車」，與陸叔父了倆一起進城去。

　　他的確曾聽說羅天佑住在城市環河區一條小巷，但不知門牌。他著司機在那區的幾條街道逡巡。轉了幾圈，他果然看到巷

子另一端，一位貌似羅天佑的男人正提著一袋東西走進巷裏來。他著司機停車，靜觀那人轉進一間屋子裏；他肯定那就是羅天佑。

「陸叔，我們去看看，或許那就是羅天佑。」胡家義說，下了車，與陸叔父子倆走進巷裏去。

找到那屋子，大門虛掩著。胡家義在門上輕敲兩下，裏面靜悄悄沒反應。他加把勁再敲幾下，裏面傳來帶著鼻音的回聲：「誰人？」

胡家義立即認出是羅天佑，高興地叫道：「佑哥，是我，家義呀！」

羅天佑正在家裏打磨木刨，準備製造箱子。初時聽到敲門聲，他停了下來，沒想到胡家義竟知道他在此，他把手邊的工作放下，跨過地上的工具，裝出高興的樣子走出來，門開了，更令他吃驚的是陸叔父子倆在胡家義背後出現。這時他急忙地想把門關上，但木門已被胡家義的手擋住；陸叔尤其是怒火焚心，突然氣力沸騰，衝進去把羅天佑揪住。

陸叔雖已年七十多歲，而且瘦削，平常給人軟弱無力的樣子，他年青時也曾習武，而且大半輩子在下層社會打滾，幹各種各樣粗工，磨練一副銅皮鐵骨；近幾年大清早就在天橋上擺檔販賣衣袜，風風雨雨，苦寒酷暑，他都不以為意過下來。如今惡人在前，怒火激發的氣力，使他勇猛起來，羅天佑冷不提防，被陸叔兩手緊緊地扼著頸項，被陸叔狠狠撞擊然後緊緊地捏住咽喉；他雖然不是壯漢，卻不是弱者。陸叔這疾速的突襲，使他既痛楚，又氣喘；他拼命地掙扎，要拆開陸叔鎖喉的手，陸叔拼盡氣力扣著他的咽喉。胡家義想把兩人架開。就在這時候，阿強忽然神智

頓醒過來，為老爸助威，從地上抓起一把鐵鋸，向羅天佑劈過去，就在此時，胡家義反過身來，想喝住阿強，原本要劈到羅天佑身上去的鋒利齒尖，落在胡家義的額頭上。

陸叔一怔，鬆了手，羅天佑乘機掙脫，但胡家義頭上噴灑的血，把他們嚇呆了。羅天佑逃出去，帶來了七八個公安。

七

她乾澀的眼眶，滲出淚水。

「阿強和阿爸，被公安扣留住。」她氣息微弱地說，「前幾日，公安打電話來，要五萬港紙才肯放人。」

我同情老婦的遭遇，但無法給她任何實際的援手。也不知道說甚麼話能撫慰她的創傷。看著她那個塞得幾乎把拉鍊逼裂的旅行袋。我問：

「你準備回去嗎？」

她合著掌，撐在桌上支著臉頰，點點頭：「食完午餐，就搭直通巴士回去。」

此時是近午十一點鐘。

「幾點鐘開車？」桂嬸問；「你現在吃飽些啦。很晚才到家嗎？」

「十二點開車，五點左右就到步了。」

「你的錢要小心保管呀！」桂嬸說。

「唉！公安要五萬，我今早去銀行清了戶口，才得三千幾元；全給他們，看能否放人吧；如果不放人，我把命也給他們……算

了！」她哽咽著，好一會無法往下說。

「陸嫂，不要太難過；好人自會有好報。」桂嬸輕輕拍著老婦的肩膊，「公安知道你環境不好，大概也不會過份苛索，收幾千元總好過扣留著陸叔和阿強。你安心回去吧。」桂嬸望我背後的壁鐘，續說：「差不多開車了。我送你去車站。」

她正欲站起來，忽然又坐下，說：「桂播，替我要兩件油多……」

桂嬸說「是呀，幾個鐘頭車程，帶點東西在路上吃……」

陸嫂嘆息一下，打斷桂嬸的話：「阿強和阿爸，已好幾天沒吃過油多了，我今日……今日就帶……給他們……。」

桂嬸把幾片油多放進陸嫂的旅行袋，攙扶著她慢慢走出茶餐廳。目送老婦離去，我默默祝禱她能度過難關，與丈夫兒子平安歸來。

一九九七年十月十二日完稿
原載二〇〇〇年三月一日《鑪峰文藝》創刊號

阿爸風生水起記

一

下午四點鐘。爸爸應該喝過下午茶，回到店裏了。

他早已放下鋸、斧、鑿等三行師傅的謀生工具。年青時，他在地盤工作的一些生活習慣，數十年如一日保留下來，成了他生命中不可改變的一部份。不管清閒或如何忙碌，每到下午三點三（三時十五分），總要到慣常光顧的茶餐廳去喝杯奶茶，吃個夾著黃油的菠蘿包之類的糕點，與工友們閒聊，時間長短，往往不逾半個小時。然後必會準時地回去工作。

這天我下班回家，經過明法堂。爸爸應該坐在長玻璃櫃後面讀馬經。但只見媽媽在那兒用銅水拭抹那些蒙塵、啞然無光的銅香爐。正常情況，她此時已到街市買菜，準備晚飯。

「媽，阿爸尚未回來？」我在店門口隨便問。

「他說，到對面海譚師傅的寫字樓。」媽媽說，回過頭望望掛鐘「你今天提早放工？」

「我早半個鐘頭下班。今晚參加一個同學的生日晚會。」我本想立即回家去沐浴，媽媽的話，使我走進店裏去。

我們住在明法堂樓上。明法堂是爸爸守了差不多三十個年頭的老店子。

「找譚師傅？哪個譚師傅？」

「就是曾經在電視講風水那位睇相佬。」媽媽說。

「阿爸找他，有甚麼事？談生意嗎？」

「不知道，他沒有說。」

爸爸已多年沒有接做泥水裝修之類的工作。早年他在地盤，跟判頭在新落成的樓宇，負責裝嵌門窗工程。後來，承頂了一個工友家裏經營的佛具祭品小店，並改了如今「明法堂」這名號，算是個小老闆。離開地盤，專心經營拜神用品。

這幾年來，拜神用具生意日落千丈，有時整日才賣一兩包白玉方溪錢、金銀衣紙或幾紮香燭。我和哥哥多次提議結束「明法堂」，讓父母退休，優悠地歡度晚年。我們的話總是惹爸爸反感。

近來，他在店門邊裝了個「承接裝修工程」的小招牌。間中上門去做些修修補補的零星工夫。

「阿爸到譚師傅寫字樓，不是談生意，難道去睇相嗎？」

「睇相？他的相還用睇？以前左睇右睇，還是老樣子，總不見他發達行運！」

媽媽說，語氣似乎刻薄些，事實也如此。爸爸曾經急欲發達，的確讓相士賺過一些錢。

「阿爸如果回來晚了，你們就到外面吃飯吧。讓我打電話給大哥說一說。」

「不要緊。阿爸應該很快回來了。」媽媽又望望壁鐘說。

但是，生日晚會完後，我回到家裏已十點鐘了。只見媽媽自個兒在客廳看電視。

「阿爸？」我頗奇怪。

「他在譚師傅那裏打電話回來。說沙田去跑夜馬，大概十一

點鐘才回來。」

「他沒有再說甚麼？」我問。我記掛著他往訪譚師傅的目的。

「他只叫我不用等他回來吃晚飯，他說到沙田馬場。」

這時大哥從房裏出來，坐在媽媽旁邊。

「你和大哥吃甚麼？」

「大哥買飯盒回來。」

疲倦。我不等爸爸回家。躺在牀上，想起他近來的一些轉變。我和大哥已長大，並且各有工作；除了早晚，一家人相聚的時間少了許多。年幼時，如果不用上學，每日下午三點三，爸爸總會帶我和大哥去興利茶餐廳喝下午茶，我和大哥最喜愛剛出爐、燙嘴唇的蛋撻。我們上了中學、大學，逐漸不跟他喝下午茶；也因為我們各有活動，在家的時間很少，與父母相聚的時間實在不多。在一起時，也沒了以前那麼多話題；吃晚飯，各人捧著飯碗，眼望電視，偶然為某些節目引發一些話題，也只是三言兩語，似乎是為要講幾句話才發一些聲音。星期日，偶然也一起在酒樓喝茶或吃晚飯，但總是各人埋首於報紙雜誌。

一月一月、一年一年，逐漸隔膜起來了。

從小學到中學，放學後，我和大哥必回到店裏，就在長玻璃飾櫃做家課。有時，我們會幫一些忙；比如包紮貨物，或是開發票、收錢。那時，生意的確不錯。門前行人川流不息，很熱鬧；街坊們路過，有時也進來與爸爸閒談幾句。直到八點鐘後，才關鋪一起回家吃晚飯。

二

　　我和大哥在大學時期，忙於功課，漸漸少到店裏，這時候，環境也在轉變中；常見的熟面孔少了，生意少了；以前每三四天就聽到爸爸訂貨；後來，半月甚至一個月才訂一次，而且貨類和數量都很零星。

　　是甚麼原因，令一間信譽好、招牌老的店子生意一天天的清淡下去？左鄰並無行家競爭，爸爸待客的態度和貨價也真是「童叟無欺」。生意就是毫無起色。

　　年前臨近天后誕，我在店裏，偶然掀那本黑皮紅角的進支簿，看到營業額一天少過一天。爸爸在店裏讀報多過接待顧客的時間。我實在想看看哪裏出了問題。剛好，愛秩序灣畔那間洪爺廟的廟祝余伯經過，又回來，和爸爸打個招呼，走進店裏來。

　　「生意好吧？張老闆，好久不見呢！」余伯說。他約六十歲，短短灰白的頭髮。聲音仍響亮如昔。他望見我坐在長櫃後面，說：「朵妹今天不用上班麼？」

　　「我正在放大假。」

　　「放假，不去旅行、環遊世界，還在鋪頭幫阿爸，真是乖女啊！」

　　「唉！有甚麼用？你看到啦，平日烏蠅也沒個飛進來。」爸爸嘆息一下：「今日世界，愈變愈奇怪。難道現代的人不再拜神？」爸爸從鋪後拿來張膠椅：「坐吧。你那邊香火旺嗎？」

　　「逢時過節，才有幾個人來祈福還神。平日烏蠅也不多見一

隻。」余伯坐下。「不過，師傅們早已說過，環頭環尾，風水一年不如一年了。」

「不可能吧？」爸爸若有所悟地說，「我們左鄰那間炸雞包、薯條雪糕店，開張幾年，日日店裏排長龍；有時送個甚麼公仔，長龍更排到街外！說這區風水差，無理由成條街只發他們一家。」爸爸又想起一件事：「現有消息說，他們想叫地產公司收回連我們在內，一連四個鋪位，再擴充呢！」

「喔，我也跟你這般想法。但師傅們說，近幾年，命格屬火的，都與風水相刻；如果命名從火，就雙重相剋。阿貴也這麼說。」

阿貴，就是余伯的拍檔兄弟，是廟裏的解籤先生。

余伯的話，像點中爸爸某個穴位，忽然大徹大悟似的說：「啊哈，難怪呀！就是火命格；我的名字叫旺炳；一個日字邊，一個火字旁，兩把火相疊，正是炎炎……」

「不必那麼認真。風水師傅的話，聽過也就算了。」

三

如果環境的轉變，就是風水的問題，似不無道理吧。這倒使我想起，近年來四周環境的變化；每次小變，對我們的生意就有小小影響，大變，就令門前冷落行人稀。我記得，明法堂前面原是避風塘，當年除了擠滿漁船小艇之外，環塘岸邊是重重疊疊的鋅鐵皮蓋的屋子，住的都是漁民或貧民。

有一年臨近冬節，一場小火災，燒燬十多間木屋，那些居民

被安置到柴灣那邊一個社區中心暫居。他們大多是我們的客人。生意就有少少影響。後來，避風塘要填平，居民陸續被遷徙；那些是我們的老主顧，隨著他們的搬遷，生意也下降。但還好相隔一條大馬路，後山上有近千間木屋，幾千居民，不少是我們的熟客。後來也遭拆遷命運。近幾年來，填平的避風塘變了巴士總站，木屋區拆遷後，山坡上矗立起多幢三十層高的廉租屋。這是不是「風水」的改變，也是明法堂直接受影響的原因？

我曾隨意地跟爸爸說及這問題，但他截然地說：「你識甚麼？巴士站人來人往，後山的屋邨，住幾萬人，比以前大安村、大吉村等木屋區，加起來多一倍；如果他們有神意，就會來光顧；那些高樓大廈的住客，難道都不信神？」

我不能肯定自己的觀察、分析是對的，也就不可能說爸爸的想法不對，我和大哥在明法堂長大，藉著那些拜神用品把我們養大成人，學費、書籍、文具等等，間接都是眾多拜神的人所賜，但我和大哥偏不信那些木牌代表的神。

回想童年，我和大哥其實也是那些「五方土地財神」、「門口土地財神」、「定福灶君」的製造者。我們年幼時，正是爸爸承辦明法堂的時候。那時，環境不富裕。明法堂暢銷的神主牌，爸爸不向外面入貨，而是自己動手製作。他把長條木板分劃成小板塊，漆上紅油，我和大哥就把爸爸託街邊寫招牌大字的人，寫了各種樣辦，如「出入平安」、「龍馬精神」、「滿載而歸」、「順風順水」、「一網千斤」、「XX門堂上祖先神位」……諸類的字在紙背塗上白粉，複印在那小塊木板上，然後用金漆把字填出來。

我和大哥逐漸長大，他升讀高中，我也快升中了。我們在校裏的書法，都被老師稱賞。後來，我們無需經過複印手續，直接用毛筆醮金漆寫在木板上。我們寫那些神主牌是「寓練習於娛樂」，當作是另類方法練習書法，寫得認真，那些「財源廣進」、「天后娘娘神位」，有別於一般商品，既有商業價值，又富藝術品味，贏得顧客們眾口一詞的稱賞。甚而有一次，附近一間天主教中學一位教師經過，特別駐足觀賞；他是教徒，但也買我寫的一對「心田先祖種，福地後人耕」的牌匾，問爸爸：

「老闆，你這裏的神主牌很特別，那些字很有藝術味，很有個性，是你寫的嗎？」

我正在長玻璃櫃後面做功課。爸爸指一指我：「是我女兒寫的。」

他豎起姆指說：「你的書法真好。簽一個名字，真可以拿去參加展覽啊！」

從書法造型藝術的角度欣賞我們的神主牌的人畢竟不多。但人人都說明法堂的神主牌與別家不同，特別好看，是事實。

後來，我和大哥都因學業、事業，不再參與明法堂的「造神」業務了。那些機械化生產的牌匾，甚而是塑料製造的，把我們的手寫作品取代了。

四

那晚上，爸爸甚麼時候回家，我不知道。次日，他像平常一樣很早就去晨運和上茶樓。媽媽、大哥和我一起吃早餐。我想

起爸爸昨日往譚師傅寫字樓的事，問：「媽，阿爸昨日真的去睇相？」

「不。他說想請譚師傅，看看明法堂的風水。」

「看風水？」大哥有些生氣。

「他說，明法堂的生意這麼淡，必定是風水問題。」

「阿媽，你對阿爸說吧，我們希望他不要⋯⋯」大哥沉不住氣地說，但媽媽打斷了他的話：「不做這盤生意？你阿爸不是七老八十；好歹也做了幾十年，有生意不做，游手好閒，怎過日子？」媽媽說，也現出無奈的神氣。

「捱了幾十年，結束明法堂，你和阿爸無憂無慮，悠閒地不好麼？平日行公司，行公園，禮拜日跟旅行團四處遊覽；我和阿妹保證不缺家用。」大哥說的不錯。現在拜神的人愈來愈少，這門生意注定無法做下去。正是結束它的時候了，好過一月一月地蝕租金。這不要緊，重要的是，生意不好，影響心情；做人不開心就是自討苦吃。阿爸整日皺著眉不開心，也影響我們大家。

我們的討論雖無結論。大哥這番話，著實動搖了媽媽的立場。她雖然同意爸爸的觀點：風水變化影響了運氣。雖然店子租金尚算便宜，但每月虧蝕總是現實問題。

「你們不知道嗎？你阿爸立了主意，怎會隨便改變？」媽媽說，「他想請譚師傅看風水，聽過風水佬的指點才甘心。」

我和大哥上班了。出了門，大哥回過身叮囑媽媽，「今晚我會很晚回來，你跟爸爸說，不要看風水了。」

「他聽我的話才怪呢！」媽媽說。

五

　　所謂「不到黃河心不息」。我們終於達成共識。爸爸將邀請
譚師傅來看明法堂的風水，診斷他的事業前途；經名師指點，生
意仍無起色，爸爸甘心將之結束，安心退休。

　　「譚師傅在電視臺講過風水。他是香港最有名氣的堪輿學家
兼掌相哲學家。」爸爸鄭重對我和大哥說，語帶警告意味：「我
約了他明日來店裏。你們不得亂說，或稱他為風水佬、睇相佬！」

　　這天是星期日。我們都留在明法堂，等候接待那位堪輿學
家。我沒有看過他在電視講風水的節目，只是聞其名。今得見其
人，以及從一句俗語「風水佬呃你十年八年……」所想到江湖術
士的樣相，好奇心油然而起。

　　下午，譚師傅來了。

　　他不如我想像中那樣，帶有江湖邪氣。他大概五十歲。眉額
面頰俱飽滿，上唇略覺輕薄；人中似起了摺痕，線條明朗。頭髮
稀疏，露出油亮的天靈蓋，使面孔向上拉長。戴銀邊眼鏡，穿純
棕色恤衫棄紅色領帶，挽著黑色手提箱。

　　爸爸招呼他進店裏。他靠玻璃長櫃的椅子坐下。隨手把提箱
放在櫃枱上，忙鬆開領帶。

　　「譚師傅，」爸爸遞給他一杯冰凍的汽水。「飲杯水，休息
休息。今天真熱呀！」

　　「是啊，四月頭，三月尾，就這麼悶熱，近年少見的天氣。」
譚師傅喝了半杯汽水後，似消了暑氣說。接著就打開手提箱，拿
出幾件器物，其中一個約十吋丁方形，金黃色，非常精緻，微有

閃光的扁盒子，像塊金磚，非常吸引我。他慢慢把它掀開，裏面藏著一個圓碟似的物件，上面一圈一圈的，又分成許多大格小格，印上不知甚麼含意的文案。

「這是甚麼？師傅。」我問。

「這是羅盤。你未見過？」譚師傅望望我。

我對他笑下，搖搖頭。

「有甚麼用途？」大哥問。其實也是我想提的問題。

「量天度地，看風水、觀財運，全靠它啦！」

譚師傅小心翼翼把羅盤拿出來。揭開特製硬皮精裝記事簿，上面印著特殊的名詞、規格。開始了他的工作。他看看錶，記下第一項：

「明法堂大寶號。」

譚師傅拿著羅盤站在店堂中央，對著正門，轉動羅盤；又向不同方位，全神貫注在羅盤上；那些充滿玄機的小格子，似乎掌握了明法堂的命運。然後，他走出店門外，羅盤跟隨不同方向運轉。我和大哥陪在他左右；一方面是好奇心，其次是他有甚麼需要，可隨時差遣我們辦理。我們向東而行，轉向南，是熱鬧的大街、電車、巴士，各種車輛和行人，造出刺耳的噪音，西轉入短短的內街，立即清靜；最後轉向北方，回到店前，不遠處是巴士總站，人如潮水，來去俱忙。譚師傅細心地觀看四周的環境，不時停步轉動羅盤，似處處有玄機。

最後，我們回到店裏。譚師傅一言不發，在記事簿上疾書。撕下正頁，交給爸爸。原來每一頁都有複寫功能，每個字都即時複印在副頁上。一邊他像總結，一邊說：「張老闆，明法堂的風

水運氣，都寫在這裏。」

我們讀著上面的記錄：

明法堂

左方位，北向為零度：即陽沒之處，主陰沉、暗滯、乾虛

卦位：

上卦：艮——山天枯畜

　　　主弱——即生意清淡。

下卦：離——山焦雷頭

　　　主旺弱：生意先興後衰，或旺批淡綿。

宜——坎鼎、既濟、萃革

忌——苦賁、渙訟、離遷……

「譚師傅，我不明白是甚麼意思。」大哥說，「你可否用最淺白的意思，解釋一下？」

「你們不明白，毫不為奇。」譚師傅指一指那些名詞術語，說：「堪輿學，是我國一門最高深的學問；而我的，又是三代祖傳，更加高深。這張判決書，看似寥寥數行字，逐一解釋清楚，可不容易；你也不易聽得懂。簡單地說：明法堂過去曾經很興旺，近年景況暗淡，正如我們從羅盤所得的提示：先興後衰，旺拙綿淡。」

爸爸對譚師傅的話，似有透切的體會；明法堂的前程運氣，譚師傅才最清楚。

「譚師傅，你要指點我：如何化解？」爸爸說。他想起譚師

傅在電視上教觀眾；某些情況下，在店裏某位置放個「招財貓」；
或是養幾條錦鯉……就可擋煞，化解一切疑難滯運。但譚師傅猶
疑一下，說：

「一般情況，改一改飾櫃位置，向北置八卦，將神位移前三
尺，就可以全化。」譚師傅一邊說，小心地把羅盤收藏好。「但
明法堂的情況特殊，四周煞氣太重，除了做堂法事，沒化解方
法。」

「做甚麼法事？」爸爸心急地問。

「我看，非做一堂『風生水起』不可！」師傅說，神態肅穆。
「事實是， 明法堂的財帛宮主星，十至廿年前位居正門，約今
之十年前開始偏移，向了東北偏東，即在美國雞包店附近。非『風
生水起』不能化解。而且，並非今天做完法事，明日馬上其門如
市；如果有哪一位師傅說可以辦到，必非道行高深之輩。你應有
心理準備，做過法事，起碼也在半年後才有起色。」

爸爸似乎對譚師傅很敬佩。很久沒見過他的神態這麼輕鬆。
譚師傅的話予他無限希望。他以前看報紙，那雙光眼鏡幾乎推到
瘦削的鼻頭；我才發覺，他已戴眼鏡，閱讀時把報刊伸長距離即
可。此刻，他拿著譚師傅剛才為明法堂開列的診斷書，伸直手在
一個遠距離，認真地閱讀。明法堂興旺的美景都在那些抽象的名
詞中變成樂觀的立體。

譚師傅已收拾好用具，準備離去。對爸爸說：

「你考慮考慮。不一定請我做法事。可以另請高明。如果同
意我做，那麼你盡快到寫字樓，叫李秘書排期。」

送別了譚師傅後，我們一再研究譚師傅的「診斷書」。既然

我們事前已有共識，徹底解決爸爸的疑難；更主要是，深信這是最後一著，此後就不必為明法堂的前途煩惱。如果明法堂復興，爸爸再有事業寄託，可使晚年過得充實；相反，心安理得地結束業務，我和大哥奉養安享晚年，亦是最好的抉擇。因此，儘管花費數千元，我和哥哥終於同意由譚師傅主持「風生水起」的法事。

「讓我問問李秘書，排期到哪一天。」譚師傅一邊說，一邊打電話給他的秘書。

「最快要在十一月二日。」他轉述秘書的話。

這可使爸爸猶疑一下。排期在半年後，超出預算，像重病的人半年後才獲診治那麼令人失望。

「譚師傅，想想辦法，可否提前些。」爸爸懇求他。

「我就是這麼忙。日期的安排，全是李秘書的事。」譚師傅說，毫無商量的餘地，「我回去看看是否可以調動一下。」

譚師傅離去後，不久，他的秘書就來電話說，下星期三，譚師傅有一個空檔時間；原來是為一間大公司做風生水起法事，但老闆在外國未能及時回來。須改期，可以將這個檔期讓給我們。

許久沒有見過爸爸這麼興奮、開心了。就像纏身已久的頑疾忽然痊癒。他答應明日馬上帶支票上譚師傅的寫字樓去。

六

這日，爸爸既興奮，又緊張。一清早他就打點一切，把那些香爐、觀音、關帝、神主牌……全都搬到二樓我們的居所去，盡量將店堂細小的空間擴寬，以便法事進行。哥哥用一幅二開灑金

紅紙，寫了：

「店主辦喜事

暫停業一天」

貼在牛扇鐵閘上。然後，我們——媽媽、大哥和我一起去採購作法物品：八個水煲、八個火爐。爸爸則留守明法堂，打點其他事宜：準備引火用的大金箋、輕炭、削檀香片……等等。

午後，爸爸依照譚師傅的吩咐，將八隻火爐、水煲分成兩行，像從店堂內向外開展的 V 字；店門每邊放置一隻瓷製招財貓。一切布置就緒，只待譚師傅駕臨，明法堂馬上就要「風生水起」。

爸爸焦急、興奮、臉泛紅光，頻頻看錶，進進出出；時間似停頓了，譚師傅遲遲未出現。他幾次想按電話；放下，又看錶。不時重複著這些小動作。

下午三點鐘。譚師傅到來了。他巡視了火爐水災的排列，略作一些更正：

「你看，這就是向外張大口，」譚師傅說，「口大吃四方；財源滾滾流進來。」他從小型旅行喼拿出幾件用具：搖鈴，還有一個不知甚麼名稱，或者叮叮吧；一個有柄的銅環，中間繫著一面金光閃閃的小銅鑼，以象牙色小杆敲擊，叮叮響聲……帶有些震盪的迴音。穿上左白右黑對稱的長袍。拿出兩塊黑白兩色的符牌，爸爸、媽媽各拿一塊。安排他倆一左一右的站在門外。譚師傅回來，在地板上鋪了一塊對角分黑白的方巾，面向門口盤腿而坐，叮叮……敲響小銅鑼宣示：

「四月初九，明法堂大寶號，大吉大利，風生水起啦……」敲響小銅鑼，回過頭向我和大哥示意：

「起火——」

我和大哥專心一意的替炭爐生火。雖然開了冷氣,但八個炭爐的熱力散射,使店內氣溫急激上升。八個水煲開始沸騰,嘶嘶地噴著濕熱的蒸氣,凝聚在不流通的店堂裏,令人瀕於窒息。我們在熊熊的炭火上,開始加上半濕的檀香碎片,立即焗出大量濃煙,把我們的視線熏暗了。譚師傅只是喃喃地唸著經,叮叮地敲著銅鑼,又不時鈴鈴、鈴鈴……的搖幾下手鈴。我給濃煙和蒸汽熏得呼吸困難,淚水滿眶,視線模糊,唯有強忍著,盼望法事快些完結。就在此時,忽然聽到一位警察走進來,問:「發生甚麼事呀,燒著甚麼東西呀!」

這時譚師傅回應道:

「阿 SIR,沒事。我們在做風生水起法事。」

「有人看見這裏濃煙彌漫,打九九九報警……」

「沒事。大吉利是!」

警察也嗆咳起來,走出店外以對講機向上級報告:「奧化,奧化……沒甚麼事,只是做法事而已……」

譚師傅繼續以叮叮的鑼聲伴著呢喃的唸經聲,使法事進行不止。我和大哥努力扇出濃煙,加強風生水起的效應

突然,有人以單薄的嗓子高叫道:

「喂!內面有人嗎?啊……咳,咳……火燭呀……」

譚師傅霍然站起來。朦朧地,我看見他抓住一個身材瘦小的年青人的胸襟,怒吼道:「甚麼?你說甚麼……」

「是不是火燭呀……」那年青人囁嚅地說。

「你個正坑渠口,」譚師傅說,聽出他非常懊惱。「快吐口

水說過……」

或許譚師傅的樣子很兇吧。那年青人覺得闖了禍似的，或者為譚師傅的扮相所嚇著。

「我不知道……你要我說甚麼……」

「大吉大利，風生水起！快吐完口水就說。」

他哼了口水，大聲地說：「大吉大利，風生水起！」

譚師傅放過了那年青人，正想回到原來位置，他忽然驚訝地叫道：「啊嘿，你這小妖，竟朝我的皮鞋吐口水！」他又抓住他的衣襟，「你知道嗎，我這對是瑞士白鴿嘜皮鞋；去年鞋廠老板請我去瑞士睇風水，特別為我度腳定做，送給我的，你賠得起……」譚師傅隨手抓塊白玉溪錢，彎著腰抹拭皮鞋，一邊說。

「對不起……我看不見，我不是故意的……」

我和哥哥只是看著並未加以勸止或作任何表示。待譚師傅重新盤腿而坐，鈴鈴的聲響在濃煙中迴盪。我望見那年青人仍呆站著。以為他要買東西，我說：

「朋友，我們今天休息，明天再來吧。」

他不但沒有離開的樣子，卻大聲地說：「喂！張炳旺在不在呀，哪個叫張炳旺呀！」

我走上前去，問：「你是誰？找張炳旺甚麼事？」

「他在不在？」

「你有特別事情嗎？」

「羅活士律師樓送信來呀！」

大哥放下紙扇，走過去把信接下來。

「加租！」大哥看完信說：「畢仁義發……公司要加明法堂的租金！」

　　大哥簽了回條，送信的青年離去後，譚師傅搖響手鈴，連串鈴鈴聲沉寂下來後，譚師傅做完了「風生水起」法事。

　　我請爸爸媽媽回來，大哥把英文寫的律師信內容告訴爸爸：

　　「八月合約期滿後，再訂新租約時，租金將從現在每月三千六百元，調整至每月三萬六千元；另外，冷氣機如伸出外面，佔用外牆空間，每部一匹冷氣機徵外牆租金每月五百元，匹半月租金七百元，兩匹者每部租金一千元。」

　　未待大哥讀完信，爸爸即怒吼起來：

　　「真是豈有此理，這樣加租，等於迫我關門⋯⋯」

　　這時，譚師傅已把道具收拾好了。對爸爸對說：「張老闆，風生水起法事做 完了。聽你們說起地產公司要加租這回事。如果早一天知道，我就勸你不必做這堂法事了。」

　　「譚師傅，你辛苦了。」爸爸訝異地說：「你怎麼這樣說？我不明白你的意思。」

　　「唉！你們看不見的，我看得見的邪靈惡煞，我全把它們趕絕了；但是⋯⋯」他指著那封律師信：「這個我看不見，你們看得見的惡魔——此類惡魔任何風水師傅都無能為力⋯⋯」

　　「那⋯⋯那你的意見，我該怎麼辦？」爸爸說，顯得惶恐不安

　　「沒辦法呀，唯有關門大吉；不然，就是白為那個魔鬼打工！」說完，譚師傅步出門。把我們遺落在煙霧中。

二〇〇〇年二至四月完稿

原載二〇〇一年一月一日《鑪峰文藝》第五期

後記

　　重閱這些作品，發覺寫作的時間有的只註明日期，有些詳記完稿的時間，大都在深夜。因為我業餘寫作，所以常在夜半執筆。

　　有些朋友也如此，因而觸及一個問題：

　　寫作，寂寞、孤獨嗎？

　　朋友間談論過，有些前輩作家也曾在筆端透露過孤獨的心聲。詩人何其芳曾描述過深夜寫作的孤寂感。

　　總而言之：不論是專業或業餘寫作，都是寂寞而且孤独的。

　　做任何事，都可以與友伴合作，但寫作，絕對是個人的事。

　　每當靜夜，孤燈下，握管思索，只聞自己的呼息，真有孤單寂寞之感。

　　但凝望窗外，深沉的夜空有星星，有時風聲呼嘯，或雨聲淅瀝；有這些自然風物為伴，又覺不算孤寂。

　　當腦海逐漸湧現各種人物，聽到他們喜怒哀樂時的笑聲或嘆息，看到他們因利害或感情問題引發的糾紛、矛盾；或是社會的不公平，使他們備受種種壓迫和痛苦，此時會為他們的辛酸、不平遭遇，哀思或憂傷。一字一字的忙於紀錄他們這些生活碎片，編織成這一篇篇故事；在這過程中，會忘卻個人的寂寞、孤獨。

　　本作品集，從策劃、搜集作品、排印——至出版，全部由黎漢傑先生獨力完成；當中因年代久遠，搜集散落的作品，不是容易的事，黎先生不辭辛勞，使出版計劃順利完成。

　　漢傑以作品的寫作、發表先後為序，組成我一段短短的寫作歷程，當中可看到社會生活的變遷，看到我們平常可以接觸到的市民大眾，如何以堅毅的精神面對逆境，當中是否有你曾經熟悉的面影？

　　非常感謝漢傑，費神選編作品，及安排一切出版事宜，促成作品集的出版。謝謝！

譚秀牧

二〇二〇年六月二十二日於多倫多

銀河系叢書 04

夕陽正好

作　　者：譚秀牧
責任編輯：黎漢傑
內文排版：張智鈞
法律顧問：陳煦堂 律師

出　　版：初文出版社有限公司
　　　　　電郵：manuscriptpublish@gmail.com

印　　刷：柯式印刷有限公司
　　　　　香港北角屈臣道 4-6 號海景大廈 B 座 605 室
　　　　　電話 (852) 2565-7887 傳真 (852) 2565-7838

發　　行：香港聯合書刊物流有限公司
　　　　　香港新界大埔汀麗路 36 號
　　　　　中華商務印刷大廈 3 字樓
　　　　　電話 (852) 2150-2100 傳真 (852) 2407-3062

臺灣總經銷：貿騰發賣股份有限公司
　　　　　地址：新北市中和區中正路 880 號 14 樓
　　　　　電話：886-2-82275988
　　　　　傳真：886-2-82275989
　　　　　網址：www.namode.com

版　　次：2020 年 9 月初版
國際書號：978-988-74584-7-0
定　　價：港幣 88 元 新臺幣 270 元

Published and printed in Hong Kong

香港印刷及出版